小説版 あの人が消えた

JN229605

角川文庫
24308

目次

第一章　配達員　丸子夢久郎

◇

夢久郎《むくろう》と名付けたのは祖母らしい。夢に久しい郎と書いて、むくろう、と読む。生涯、苦労とは無縁であるように。長く夢を語る男児たれ。そんな望みを込めて名付けられたと、母から聞いた。小学校の授業参観の一週間前、自身の名前の由来について発表できるようにと担任に言われ、調べた結果だ。

「私は違う名前がいいと思ってたんだけど」

名前の由来を教えてくれた母は、最後にそう付け加えた。その名前がなんだったのか、今では思い出せない。もう、十年以上も前の話だ。フクロウだムクドリだ喪黒福造《もぐろふくぞう》だと付けられたあだ名は、今でも覚えているというのに。

名は体を表すと言うが、丸子《まるこ》の場合はそうではなかった。無苦労の望みとは裏腹に、ようやく入った大学での夢のキャンパスライフは、新型コロナウイルスの流行のせいで、夢のまま終わった。足りない学費はバイトで返すと豪語し私立大学に入学したにも拘《かか》わらず、頼みの綱の居酒屋バイトもクビになった。バイト全員がクビになったわけではないので、おそらくは使えない順に切られたのだろう。役に立たないと言われているようでショックだった。だが、仕方がない。

コロナ禍で自粛という名の目に見えない規制線が至る所に敷かれ、身動きが取れなくなった。人との関わりを禁じられると、生きる欲求がどんどんと削られていくような気がした。学生の本分である勉強はおろか、そこに通うために必要な学費を稼ぐという行為も、日に日に重荷になっていく。学校に行かないから、友達もできない。

ただ、何をしなくても腹は減る。行平鍋《ゆきひらなべ》で作った具なしのインスタントラーメンを、鍋のまま食べるのが日課になった。経済学の教科書はもう、鍋敷き以上の役割を果たしていない。

授業料の催促状が、埃《ほこり》だらけのテーブルの上に重なっていく。振込期限は怖くて見ていない。今が何月の何日で何時なのかさえ、ひどく曖昧《あいまい》になることもあった。今がいつだろうが、当時の丸子にとってはあまり関係のないことだった。決まった時間に行かなければならない場所も、用事もない。待ち合わせる友人もいない。断絶された世界では、時間は流れゆく概念でしかない。

ただ、一つだけ丸子を現実と繋《つな》いでいたものがある。

テレビだ。

暗い部屋の中、ただテレビだけが、丸子とこの世界を繋ぎ止めていた。

テレビは不思議だ。同い年のバイト仲間と以前話をした際、彼らは家にテレビを持っていなかった。すべてスマホで事足りるという。確かに、Hulu も Netflix も

Amazon Prime Videoも、アプリをダウンロードすればスマホで見られる。地上波のテレビ番組だってそうだ。TVerがあればリアルタイムで見られるし、番組の見逃し配信だってある。色鮮やかな映像と音声は、自分が孤独であることを忘れさせてくれる。それはスマホの小さな画面よりも、テレビの大きな画面の方がはるかに効果が高い。

だから丸子は、家にいるときはいつもテレビをつけていた。特に観たい番組があるわけではない。サブスクで再生した番組はいつか終わるが、テレビはずっと何かを流し続けている。丸子が観ているように、この世界の誰かが同じ番組を観ている。同じものを同じ時間に共有している。世界がまだ止まっていないことを教えてくれる。

テレビを観ていると、大学の何かの講義で受けた色彩工学についての内容を思い出すことがある。

どうして人間は、物を見ることができるのか？　太陽や電灯が発する光が物に当たり、その反射した光を目が受け止めているからである。ならば、どうして人は色を認識できるのか？　物の表面に当たった光の一部が吸収され、一部が反射される。反射された光の波長の長短によって、目と脳が色を作り出す。波長が短ければ紫色に、長ければ赤く見える。人間は三色型色覚と呼ばれる色覚システムを持っていて、網膜にある三種類の錐体《すいたい》細胞で様々な波長の光を感知し、脳の中で何百万もの色を認識しているという。また、人間と動物でも見えている色は違う。人間は三色型色覚だが犬や猫は二色型色覚で、人間ほど色を認識できていない。反面、猫は暗い場所で見えやすく、人間が知覚できない物を知覚できる。また、鳥の多くは四色型色覚で、なんと紫外線まで見ることができるという。人間は、太陽光の中でも可視光線しか認識できず、紫外線や赤外線を見ることはできない。文字通り、人間は動物と見えている世界が違うのだ。

その講義を受けてから、目に見える物がすべてではないと丸子は思うようになった。そもそも、人間には見えない物が多すぎるのだ。

ある日、呆然《ぼうぜん》とテレビを眺めていると、ニュースキャスターが何やら頭を下げていた。もう外は薄暗くなっている。おそらくは夕方のニュースだろう。相変わらず時間の感覚が曖昧になっていた。気になったので音量を上げる。

「物流に携わる皆様、私たちの生活を支えていただき、本当にありがとうございます」

ニュースでは、コロナ禍で断絶されたこの世界は、配達員が荷物を運んでくれることで何とか繋がっていると説いていた。丸子もSNSで『配達員』と検索してみる。

「頭が下がります」「いつも本当に助かってる」「マジありがとう」などと、感謝の言葉が画面をスクロールしても仕切れないほど溢《あふ》れていた。

最後に人から「ありがとう」と感謝の言葉を投げかけられたのは、いつのことだったか。以前の居酒屋バイトも、入ってすぐにコロナ禍で客足が途絶えた。

人と人との交流が断絶された世界で、生活に必要な荷物を人々に届ける配達員の姿が、テレビに映し出される。それは自らの犠牲を顧みない聖者の行いのようで、とてつもなく尊い行為に丸子の目には映った。

不意に、誰かに「ありがとう」と言われたい欲求が湧いた。誰かに感謝されたい。いや、誰かの役に立ちたい、という思いの方が正確だろうか。あなたがいてくれてよかった。そう言われたら最高だ。

求人サイトで見つけた近所の運送会社にコンタクトを取ると、すぐに返信があった。八谷《はちや》運輸という、従業員十人程度の小さな運送会社だ。家にあった履歴書は何かの汁で汚れていたので、コンビニで新しい履歴書を買った。成人式の時に作った、少しカビ臭いスーツをクリーニングに出した。駅前の証明写真機に写った自分の髪のボサボサ具合に辟易《へきえき》し、約半年ぶりに美容院に行った。

「大学、中退」

案の定、面接をした運送会社の所長、八谷の目が学歴で留まる。履歴書の学歴欄には、悩んだが大学中退と書いた。学費が払えないから、どうせ除籍だ。在学中と書く方が気が引ける。

「ま、大変なご時世だもんね。大学に入るだけでも、相当受験勉強してきたんだろ？ほら、ウチは高卒が多いから」

予想に反して、八谷から出てきた言葉は好意的なものだった。

「でもウチは学歴とか関係ないからさ、よろしく頼むよ。期待してるから」

「はい、よろしくお願いいたします」

「じゃあ、早速だけど今日から入れる？」

「いいんですか？」

「もちろん。荷物は配りきれないほどあるし。制服あるから、事務の足立《あだち》ちゃんってコからもらって着替えてきて」

誰かから必要とされるのは、久しぶりのことだった。丸子は「はい！」と大きな声で返事をし、荷物を届け感謝される自分の姿を想像しながら、八谷と共に応接室を出る。

＊

荷物をトラックに積み込んでいると、「あ」と所長の八谷が丸子の姿を見て声を上げる。イライラした様子を隠すことなく、短い足を小刻みに動かし丸子に近づいてくる。

「丸子くん。またさぁ、クレーム入ってるよ。配達が遅いって」

「あ、すみません。メゾン光陽《こうよう》のお客さんですかね」

丸子にも覚えがあった。だがあれは――。

「十六時から十八時までの時間帯指定配達で、時間内には届けたんです。けど、お客さんは十七時がいいって言い張ってて……」

「そんなことはどうでもいいんだよ。クレームが入ってること自体が問題なの。ったく、困るよ。トラブルは」

こちらの事情は全く聞く耳持たない。いつものことだ。バイトで一年、社員になってから丸三年が経つが、八谷が丸子の言い分を聞いてくれたことはただの一度もない。

「はい。気をつけます」

丸子は仕方なく頭を下げる。

「今がしんどくても、頑張らなくちゃだめだよ。僕が若い時なんて、本当、今なんかよりもっと酷かったんだから。死に物狂いで頑張って、大手の運送会社と鎬《しのぎ》を削《けず》ってきたんだ。体のあちこちにガタが来たけど、頑張ったから今がある。こんな僕でも、今じゃこの営業所の所長だ」

八谷は事務所を振り返りながら言った。丸子を元気づけるため、自身の苦労話を持ち出したのだろう。だが、丸子にはぴんと来ていない。

「はあ」

「頼むよ、ホントに。今日も時間、大丈夫なの？」

反応がない丸子に八谷は吐き捨てるように言い、短い足をまた小刻みに動かしながら去っていく。

腕時計を見ると、予定の時間を五分過ぎていた。

「やべ」

人によって、よく家にいる時間帯は異なる。例えばレジデンス東村上《ひがしむらかみ》の斎藤《さいとう》さんは十五時以降の方が在宅率が高い、二丁目の武藤《むとう》さんは土日不在だが月火は必ず家にいるなど、丸子は担当地域の住人の特徴を事細かにメモし、自分なりの効率化に努めていた。コロナ禍に絶望し、大学にもいかず無為な時間を過ごしていた四年前と違い、今、丸子は懸命に働いていた。

仕事を始めてすぐの頃は、荷物を届けてたまに言われる「ありがとう」の感謝の言葉が嬉《うれ》しかった。その言葉に元気をもらい、仕事への活力にした。

だが、やる気だけでどうにかできるほど、現実は甘くはなかった。

「おせーよ」

やっとの思いで届けた荷物を、憎しみを込められたその一言と引き換えに手渡す。正直、自身の存在価値が揺らぐ。ただ、そんな言葉にいちいち傷ついていられないほど、大量の荷物があった。配達スケジュールは分刻みで、時間内に届けて当たり前、感謝されることは極稀《ごくまれ》だ。早く届けに向かっても不在で渡せないことなどザラにあり、一秒でも遅れたら確実に責められる。

時が経つにつれ、いつの間にか感謝もほとんどされなくなった。いや、ただ気づかなくなっただけなのかもしれない。クレームに傷つく心もなくなった。

残ったのは、忙しさだけだ。

空を見上げる。いつかの講義で、空が青く見える理由を聞いたはずだったが、それが何故だったのかが思い出せない。

どちらにしろ、今日は曇り空で、この世界のすべてが灰色に見えた。

＊

配送がすべて終わったのは、二十一時を少し過ぎた頃だった。二十時指定の荷物だったので、案の定「おせーよ」の罵声《ばせい》を浴びた。慣れたものだが、ふと会社にクレームが入ったら面倒だなと、憂鬱《ゆううつ》な気分でため息をつく。八谷の小言はこれ以上聞きたくない。

「うぃー。丸子、お疲れぃ」

休憩室で声をかけてきたのは、先輩の荒川渉《あらかわわたる》だ。丸子よりも一回りほど歳の離れた先輩で、配達のイロハを教えてもらった。今日も指定の制服を着崩し、帽子を後ろに被っていた。派手な英字Tシャツが制服の下から見え隠れしている。

「お疲れ様です」

「なによ、リアルにお疲れじゃん」

荒川は丸子の隣のパイプ椅子にどかっと座り、缶コーヒーのプルタブを上げる。

「荒川さんが元気すぎるんですよ」

「そう？　ま、俺は疲れてる訳にはいかないからな」

そう言って荒川はスマホを取り出し、フリックで器用に文字を入力している。

「まだやってたんですか。小説の投稿」

荒川は少年のようにニカッと笑うと、スマホの画面を丸子に見せつけた。それは『小説家になろう』という小説投稿サイトで、荒川が執筆中の『転生したらゾンビだったんだが』という作品のページだ。

「当たり前じゃん。こっちが本業だから。読んでくれた？」

荒川から、ここのところ毎日と言っていいほどこの『転生したらゾンビだったんだが』を読めと促されていた。

「いや」

「なんで？　読んでよ。今回のはマジで自信あるから」

荒川の圧が鬱陶《うっとう》しい。タイトルからして丸子の好みではなかったのでいつも有耶無《うやむ》耶《や》にしていたのだが、それもどうやら限界らしい。

「わかりましたよ」

「でさ、感想、ここに書き込んでよ」

荒川がスマホの画面をコツンと叩《たた》く。

「直接言いますよ」

「それじゃダメなんだよ。ここにコメントが来るのが嬉しいんだから」

荒川が目を輝かせながら言う。

「はあ、そういうもんですか」

「あ。お前はたった今、すべてのなろう作家を敵に回したぞ」

「なんでですか」

「そりゃお前、それくらい読者からのコメントは嬉しいものなの」

「わかりましたよ」

「絶対だぞ。絶対、今日、必ず、読んで、感想をコメントしろよ」

家に帰り着いた時には、すでに二十二時を回っていた。軽くシャワーを浴び、ベッドの上でスマホを眺める。今すぐにでも眠りたかったが、今日も荒川の作品を読まずに寝てしまったら、流石に明日《あした》は合わせる顔がない。

だが荒川の『転生したらゾンビだったんだが』は丸子の予想通り、お世辞にも面白いとは言えなかった。どこか既視感のあるホラー小説に流行《はや》りの転生要素を加えた作品で、感想をなんとか捻《ひね》り出そうと読み進めるも、正直、なんと書けばいいのか迷う。面白くなかったです。と素直にコメントするわけにもいかない。

ページを読み進める指が止まってしまった。プライベートでも憂鬱な気分になり、深いため息を吐いた。

コメントは〇件だ。丸子はコメント欄としばらくにらめっこしていたが何も感想が思いつかず、その下にページをスクロールする。新着作品・おすすめと称し、いくつかの作品が名を連ねていた。ふと、「痛快！　圧倒的爽快感《そうかいかん》！」という謳《うた》い文句《もんく》に目が留まる。『スパイ転生』という作品だった。『００７』、『ミッション：インポッシブル』、『キングスマン』。スパイと聞いてすぐにいくつかの映画のタイトルが頭に浮かんだ。ミッションをこなすアクション、美女との駆け引き、終盤のどんでん返し……。

丸子はスパイものが好きでよく観ていた。

お口直しに少しつまむ程度で読んでみるか。他の作品を読むことで、荒川の小説の良いところがわかるかもしれない。

そんな軽い気持ちで読み始めたのだが、読み進めると止まらない。文章は読みやすく、瑞々《みずみず》しい表現は想像力を掻《か》き立てる。キャラクターも立っていて、いつの間にか感情移入してしまっていた。何より、ストーリーが面白い。一話二話三話と読み進め、とうとう最新話まで追いついてしまった。

作者の欄を見る。コミヤチヒロと、すべてカタカナの名前だった。その直下には、感想を書くコメント欄がある。こちらもコメントはまだ〇件だった。

――ここにコメントが来るのが嬉しいんだから。

荒川の言葉を思い出す。

「コミヤチヒロ……」

この出会いは奇跡と言っていい。完全にハマった。

丸子は「面白かったです。次回の更新を期待しています」と、素直な感想をコメント欄に入力する。丸子のユーザー名は適当につけた「まる子」だった。変更しようか一瞬悩んだが、そのまま投稿ボタンを押した。

＊

「遅いんだけど」

「この角、潰《つぶ》れてない？」

「何時間待ったと思ってるの？」

「置き配やってない？　責任者呼んでこいよ」

トラックの中の荷物は徐々に減っていくが、お客さんの不平不満は丸子の耳をこれでもかと痛め続ける。トラックの荷物が無くなっても、丸子の心にはどす黒い感情が積み重なっていく。トラックの中が空になったところで、集配所に戻ればまた新しい荷物がところ狭しと並んでいる。

終わらない苦行だ。

だが、コミヤチヒロの小説は、そんな辛《つら》い現実を忘れさせてくれた。

『スパイ転生』は毎日更新される。更新時間はいつもだいたい十二時ごろ。昼休みに読めば午後は乗り切れるし、忙しくて昼食も取れない日でも、仕事終わりに読めば次の更新が楽しみで、明日への活力になる。いつしか、彼女の小説は丸子の生き甲斐《がい》になっていた。他にも同じような作品をいくつか読んでみたが、『スパイ転生』ほど面白いと思えるものはなかった。

毎話読んだら必ず感想を書き込むようにした。荒川から、読者のコメントは嬉《うれ》しいと聞いていたからだ。少しでも自分のコメントが作者の創作のエネルギーになればと、一種の恩返しの気持ちで感想を書いた。だが、それは自分に課した義務ではない。丸子にとっても、作者に感想を届けることでより元気をもらえる。そんな気がしていた。

あとから気づいたのだが、これが『推し』の感覚なんだろう。

高校時代、K－POPアイドルにハマる同級生がいた。新曲が出ればいち早く聴き、YouTubeは何百回と視聴、SNSは無条件でいいね&拡散と、彼女たちの活動を愛で応援することを生き甲斐にする友人を、当時の丸子は白い目で見ていた。だが、今なら彼らの気持ちが痛いほどわかる。『推し』こそが、日々の生活に彩りを与えてくれる。

午前の配送が終わり、定食屋にいく時間が作れたとしても近場のコンビニでおにぎりを買い、運転席で『スパイ転生』を読む。いつしかそれが丸子にとってのルーティーンになった。

〈今回も面白かったです。トリックが予想外で興奮しました！〉

読後、素直な感想を書き込む。エールを送る。送った側も元気をもらえる。苦痛が癒やされ、明日が来るのが楽しみになる。時間が経つのも忘れてしまう。丸子は、これまでの人生で感じたことのない喜びを、この『スパイ転生』を推すことで感じていた。

ふと腕時計を見る。午後の配達時間が迫っていた。

「やっべ」

丸子はスマホを助手席に放り投げると、急いでトラックを発進させる。

第二章　人が消えるマンション

◇1

配達という仕事は、地域ごとに担当が決まっている。

多摩《たま》地域は東京二十三区の西側にあり、三十の市町村からなる。

そんな多摩地域にあるクレマチス多摩は築三十年以上は経っている三階建てのマンションで、丸子は二週間前から担当になった。ピンク色の外壁が特徴的で、小高い丘の中腹にあり見晴らしも悪くない。

「丸子くんも五年目だから、もっと仕事のキャパを広げないとね」

八谷からそう言われたが、実情は二週間前に辞めた社員の穴埋めだ。

クレマチス多摩は三階建てとはいっても一階部分は駐車場になっていて、実質の居住区は二階三階のみ。だが他のマンションに比べ配送量が多く毎日のように配達に来るので、いやでも住人について詳しくなった。なんなら、このマンションのことを一番知っているのは丸子なのではないかと思えるほどだ。

丸子自身もそうなのだが、自分のマンションの隣人がどんな人なのか、パッと答えられる人は少ないだろう。今のご時世、引越しの挨拶《あいさつ》をしてくる人は稀《まれ》だし、お隣さんとはいえ、出勤や帰宅時間が合わない限り、顔を合わせる機会はほぼない。「実家から野菜が大量に届いたんですけど、食べきれなくて」とお裾《すそ》分《わ》けするシチュエーションも、最近はドラマですら観なくなった。

クレマチス多摩はエレベーターが設置されておらず上下階の移動は階段のみなので、エントランスで鉢合わせる可能性も少ない。同じ建物の中に住んでいるというのに、職場の人間よりも関係が浅い人は多いだろう。

〈ゴミを分別していない人がいます！　以前にも掲示しましたが、未《いま》だに分別せずゴミを出している人がいます。今後も改善が見られない場合には、未分別ゴミを出している人を特定するために調査を……〉

階段脇、掲示板の張り紙に目が留まる。住人が必ず目にする場所にある、お知らせ掲示板だ。

例えば、このゴミの分別をしていない犯人は誰か。住人に尋ねたとしても答えを知っているのは当人以外、いないだろう。だが、丸子ならわかる。

今から荷物を届ける、201号室の住人だ。

階段を登りインターフォンを鳴らすと、出てきたのは三十代半ば、銀縁のメガネをかけた醤油《しょうゆ》顔の男性――巻坂健太《まきさかけんた》、本人だ。

「八谷運輸です。サインお願いします」

「あ、はい」

丸子は巻坂にペンを差し出す。

白い麻のシャツは清潔感に溢《あふ》れ、ドアの隙間から見える彼の自室は、部屋の隅々まで掃除が行き届いている。奥に見える部屋には電気系の自作であろう機械が机の上に置かれ、道具類や部品が整然と並べられている。この、ドアの隙間から一瞬だけ見える光景を、丸子は写真を撮るかのように瞬時に記憶することができた。この仕事を始めてから身につけた特異スキルといってもいい。住人を観察することでその行動パターンを予測し、今後の配達の効率化に活かしているのだ。

巻坂は一見、すごく几帳面《きちようめん》な人だ。だが、おそらくはこの人こそがゴミの分別を怠る犯人だ。

理由は単純だ。以前、ゴミ捨て場で巻坂を見た。その手に持った半透明のゴミ袋の中には、紙類のゴミに混ざり明らかに鉄のような物体が透けて見えていた。それも、一度や二度ではない。

「はい」

巻坂にペンを返される。伝票にはとても美しい文字で『巻坂』と書かれていた。サインはこんなに丁寧に書くのに、ゴミの分別はしない。物事は見かけによらない。そもそも、目に見える情報など限られているのだ。三色型色覚の人間にはわからないが、四色型色覚の鳥には、彼の姿はどう映るのだろう。何を考え、何に不満を持ち、何のために生きるのか。ゴミを分別しないという、彼のそんな人としての嫌な部分は、どう見えるのだろうか。

「ありがとうございました」

頭を下げ、次の配達先に向かう。色々と、どうでもいいことを考えている暇はない。次は一つ飛んで、203号室だ。

でも、巻坂さんはまだいい。

理由は、こちらに害は一つもないからだ。彼の思想がどう偏っていようと、丸子にとっては実際どうでもよかった。配達員にとって、最も厄介なのは——。

丸子は続いて、203号室のインターフォンを鳴らす。しばらく待っても無言。再度鳴らすも、状況は変わらない。

最も厄介なのは——家にいない人だ。

配達伝票には『203号室 流川翼《るかわつばさ》様』と書かれ、受け取り主の電話番号も記載されている。マニュアルに従い、丸子は流川の連絡先に電話をかける。

「はい」

すぐに相手が出た。男性の声だった。電話が繋《つな》がる分、まだマシか。ひとまずはほっとする。

「八谷運輸の丸子と申します。荷物をお届けに上がったんですが」

「あー。今、家にいないんで、置いといてもらえます？」

電話の向こうの流川は忙しいのか、早口に言った。

「すみません、うち、置き配やってなくて……」

何度か所長の八谷に置き配対応を直訴したことがある。だがその度に「置き配なんかして、荷物が盗まれでもしたら誰が責任取るって言うんだ？　丸子くん、君の給料から天引きしてもいいわけ？」と返されてしまう。

そんなことを言われたら、末端の配達員はぐうの音も出ない。

再配達の負担を管理職はわかっていない。受け取る人がいない荷物を運び、再びトラックに積み直す。これほど無駄な作業はこの世にないだろう。現代社会が生み出した、負のループだ。

「あー、そうなんだ」

「いつだったらご在宅ですかね」

「んー」

流川はしばらく考え込んだ後、「明日《あした》とか？」と言った。「わかんないですけど」と小さく付け加える。

わかんないって何だよ。

だが日程を決めないことには、この負のループは終わらない。

「明日……三月十二日ですね。何時ごろならいらっしゃいますか？」

丸子は急いでメモ帳を取り出す。

「えーまあ、早い方がいますかね。わかんないですけど」

「でしたら、八時から十時の間にお届けにあがってもよろしいですか？」

電話を肩と耳で挟みながら〈○312 ――〉とメモ帳に書き殴る。三月十二日、八時から十時の間、２０３号室。

「じゃあ、それで」

流川は端的に返した。

「では、よろしくお願いしま――」

丸子の言葉の途中で、通話が切れた。ため息を吐くしかないがとりあえず、一つの負のループの終わりは見えた。

書いたばかりのメモを引きちぎり、ポケットに入れる。駆け足でトラックに戻る。

◇201号室　巻坂健太

多摩地域、という名称が嫌いだ。田舎くさい印象が、その文字面から滲《にじ》み出ている。猫の名前っぽいところもある。もちろん、猫も嫌いだ。

東京二十三区の西側、三十の市町村を合わせてそう呼ぶ。だったら『西東京《にしとうきょう》』でいいのではないかと思うものの、西東京市は練馬《ねりま》区のすぐ隣にあり、地域までは昇格しない。反面、多摩がつくのは多摩市、奥多摩町と二つの市町があり、その結果が多摩地域と呼ばれる所以《ゆえん》なのかと考える。だが同じ理論なら、武蔵《むさし》、村山《むらやま》が候補に上がる。多摩地域には武蔵村山市、東村山市、武蔵野《むさしの》市がある。武蔵は武蔵で剣豪味が強いが、こちらの方が海外の受けがいいのではないか。村山は論外だ。村と山で、田舎くさい印象がさらに増す。

多摩地域はまた、教育機関や機械工場も多いことから神奈川や埼玉の一部を含め、広域多摩地域と名付けられている。多摩地域の拡大だ。都内だけでなく、隣の県まで領土を広げている。さらに驚くべきは、この広域多摩地域の総称が、技術先進首都圏地域、『Technology Advanced Metropolitan Area』の頭文字を取って『TAMA』と名付けられていることだ。多摩のグローバル化だ。

巻坂はメーカーのエンジニアで、この近隣にある工場に勤めている。確かに多摩地域は自然豊かで教育機関も充実、土地も広大だから工場が建てやすい。おまけに都心へのアクセスもいい。生活するにはうってつけの地域だろう。

だが巻坂は、多摩地域、という名称が嫌いだ。

上司から参加を強制された取引先との飲み会で、珍しく気になる女性がいた。「お住まいはどちらですか?」と尋ねられ、答えに窮する。

「秘密です」と何とか絞り出しても「じゃあ、何区かだけでも教えてくださいよ」と追求される。すでに二十三区に限定されているところが嫌だし、そこで敢えて「多摩市です」と答えたら彼女がどんな反応をするか。そもそも、二十三区以外を東京だと思っていない。巻坂自身も、上京してくるまではそうだった。

いつまでも秘密で押し通しても空気が悪くなる。

「多摩市です」「埼玉ですか?」「いえ、都内です」「あ、そうなんですね」

根負けして答えたらこれだ。すっと、彼女の興味が失せた気がして、それ以上は踏み込めなかった。

全然都内だし、一時間あれば余裕で渋谷《しぶや》に出て来られる。

そう強がっても、余計惨めになるだけだ。

『TM NETWORK』という、小室哲哉《こむろてつや》、宇都宮隆《うつのみやたかし》、木根尚登《きねなおと》の三人で結成された音楽ユニットがある。頭の『TM』は、何と多摩の略称だという。ラジオでメンバーの木根尚登本人がそう言っていたのだから、間違いない。府中、立川と多摩地域出身だった彼らはユニット名に『TAMA NETWORK』を推した。だがレコード会社が首を縦に振らず（当たり前だ）、結局お茶を濁す形でＴＡＭＡから文字を取り、ＴＭに落ち着いたらしい。彼らが『TAMA NETWORK』でデビューしていたら、これほどまでにヒットしていただろうか？　巻坂は当時のレコード会社の英断に深く共感する。『T.M.Revolution』もある。西川貴教《にしかわたかのり》のソロプロジェクトだ。これも多摩と関連がありそうだが、こちらは『Takanori Makes Revolution（貴教が革命を起こす）』の頭文字から取られた、似て非なるものだ。

　この結果から導き出されることは、多摩をＴＭと略せば、その田舎臭さが抜け、洗練された印象を与えることができるということだ。東京二十三区とＴＭ地域。東京は大きくその地区に分けられる。面積で言えば、二十三区すべてを合わせても、ＴＭ地区に軍配が上がる。まあ、人口で言えば二倍以上の開きがあるが。

　ここまで考察してから、巻坂はやり場のない怒りがふつふつと湧いてくるのを感じた。なぜ、一般市民、いや都民である私が、地域の名称に関してここまで考慮しなければならないのか。それは単に行政の怠慢に繋がるのではないか。行政がきちんと地域の名称を、そのイメージに及ぶレベルまで管理し、全国に、少なくとも都内に浸透させる努力をしていれば、巻坂のように地域の名称に苦しむ都民をケアすることができたのではないか。

一度、選挙演説中の候補者にその不満をぶつけたことがある。

「多摩地域をＴＭ地域に改名して欲しい。それを約束してくれるなら、私はあなたに投票する」

その候補者は巻坂の右手を両手で握り、「善処します！」と、目を見て言った。

結果、巻坂は彼に投票したのだが、彼は落選した。民主主義のリアルだ。

そんなことを考えながら、巻坂は自室で、設計中のモーターのミニチュアを作成する。仕事に行き詰まった時、場所を変えるとうまくいく場合がある。巻坂の場合、自宅での作業がそうだった。会社の研究室ではうまくいかなった実験が、自室だとうまくいくパターンが何度かあった。その度に職場から機材を持ち帰るのは一苦労だが、何時間も職場で苦悩するよりはいい。

もうすぐ、衆議院選挙が開催される。

一都民を苦しめる多摩地域問題。これを解消してくれる候補者は現れるのか。それが巻坂にとって、目下の不安の種だった。

もし有望な候補者が現れなかったら。

その時は、どう、この不満を解消すべきだろうか。

◇　2

流川の荷物を抱えトラックに戻った丸子だが、届け忘れていた荷物を発見した。おそらくは最近引っ越してきた人宛《あて》だろう。数日前、空室だった205号室に荷物を運び入れる引越し業者を見かけていたのを思い出した。伝票を見る。

クレマチス多摩205号室・小宮千尋《こみやちひろ》。

その名を見て一瞬固まる。

「小宮……コミヤ、チヒロ？」

丸子はスマホを取り出し、『スパイ転生』のページを開く。作者の名前はコミヤチヒロだ。

よくある名前だし、ペンネームの可能性もある。様々なトリックを描いた『スパイ転生』の作者が、本名をカタカナに変えるだけの、シンプルなペンネームを選ぶだろうか？

いや、そんなはずはない。

名前からして女性だろうか？　いや、千尋は男性の可能性もある。実際、丸子の中学時代の同級生で、野球部のキャプテンに千尋という男がいた。いやいや、そもそもこんなシンプルなペンネームにはしないはずだとさっき思ったばかりだろう。まったくの別人だ。

だが、思考に反して丸子の鼓動は高鳴る。205号室の前に立ち、震える指でインターフォンを押す。

「はい」

という、女性の明るい声がインターフォン越しに返ってきた。

ドアを開けて出てきたのは、キリッとした意志の強そうな眉毛《まゆげ》をした女性だった。二十代半ばくらいだろうか、丸子と同い年くらいに見える。

この人が、コミヤチヒロ？

そんなはずはないという思いと、この人がコミヤチヒロだという思いが錯綜《さくそう》する。

「……あの」

小宮千尋が怪訝《けげん》な表情を浮かべていた。

丸子はハッと我に返り、

「あ、荷物を届けに来ました。サインをお願いします」

と、伝票を差し出した。

「ありがとうございます」

丸子が手渡すペンの先は、微かに震えていた。小宮千尋はそれに気づくことなく、ペンを受け取る。

小宮千尋がサインをしている間、丸子は部屋の中を観察する。まだ荷解《にほど》きの途中なのか、部屋の奥には段ボール箱が積まれていた。机の上にはファイルとプリンターが置かれ、その横にはノートパソコンが置かれている。画面には、見覚えのあるロゴが表示されている。『小説家になろう』だ。

――これは。

間違いない。彼女が、コミヤチヒロだ。

「あの」

小宮千尋に声をかけられ、我に返る。「荷物」

すでに小宮千尋はサインを書き終えていた。

「え、ああ。すみません」

慌てて丸子は、手に持った荷物を小宮千尋に差し出した。

「ありがとうございます」

小宮千尋はそう言いながら、ドアを閉めようとする。

「あの」

思い切って声をかけた。ドアは半開きの状態で止まる。

あなたが『スパイ転生』の、コミヤチヒロですか？

言いかけて止めた。

ヤバい。突然その質問は、ヤバすぎる。不審者と思われて、通報されてもおかしくない。

小宮千尋は大きな瞳《ひとみ》で瞬きを繰り返し、丸子の次の言葉を待っていた。

「あ。ええと、な、何日か前に引っ越されてきた方ですか？」

「え？　ああ、はい」

「あ。そうなんですね。あの、僕、この辺りの配達担当をしておりまして。丸子と申します。よろしくお願いします」

咄嗟《とっさ》に出た自己紹介に、小宮千尋は目礼してドアを閉めた。同時に、どっと疲れが湧いてくる。もちろん、初対面の人に毎回こんな挨拶《あいさつ》はしていない。

配送トラックに戻っても、丸子はまだ、心臓が脈打っているのを感じていた。受け取り伝票のサインを見る。小宮千尋と書かれていた。綺麗《きれい》な文字だった。

◇　3

「えー。そんな偶然ある？」

八谷運輸の休憩室で、荒川についい先ほど起こったコミヤチヒロとの出会いの奇跡について説明した。荒川はスマホで小説を投稿中だ。

「この仕事やってて、初めて心の底から良かったって思いました」

会社に戻ってようやく落ち着いてはきたが、丸子の気分はまだ高揚していた。

「てかお前、それ、俺のおかげだからね」

荒川はスマホの手を止め、丸子を指差す。

「え、何で？」

「いや、俺がお前に『小説家になろう』を紹介したから、コミヤチヒロに出会えたワケだから」

「ああ、まあ確かに。その点は感謝してます」

「じゃあ、俺のも読んでくれよ。何で他人の作品ばっか読んで、俺のは読まないんだよ」

いつにも増して荒川の表情が硬い。丸子は意を決し、素直に言うことにした。

「荒川さんの小説って、転生モノの良さが全然ないんですよね」

「……ん？」

「やっぱり転生モノって主人公が無双する気持ちよさが醍醐味《だいごみ》なわけで、『自分もこうなりたい』って思える主人公じゃないとダメじゃないですか。だからゾンビに転生するって時点で、間違ってると思うんですよ。ゾンビになりたいなんて人、いると思います？」

荒川は口を開けたまま、呆然《ぼうぜん》する。

「ガチのダメ出しするじゃん」

しばらくした後、荒川は泣きそうな声で言った。

「何で読んでくれないのって、言われたんで」

そう。読んではいた。ただ、その感想を伝えるのを躊躇《ちゅうちょ》していただけだ。

「急なダメ出しはやめてよ。心の準備がいるから」

荒川は右手で胸を押さえる。

「はあ」

「じゃあさ、コミヤチヒロの小説の主人公には転生したいって事？」

「そりゃしたいですよ」

「ふーん。どんな話なの？」

「主人公が異世界に転生して、S級スパイになって、王国の悪役令嬢を救う冒険ミステリーです」

「何だそれ？　設定渋滞しすぎだろ」

荒川はスマホで『スパイ転生』を検索する。「え、でも八十六件も感想付いてる」

「今日の、面白かったですもん」

コメント百件の大台も見えてきた。丸子は自分のことのように嬉《うれ》しかった。感想コメントがまだついていない時からの、古参ファンだ。自分が推しているものが他人に評価されると、自分のこと以上に嬉しい。

「どう面白いんだよ」

「今日は重要なネタバラシ回だったんですけど、そのトリックが、まあ見事で。これまでの登場人物の頭文字を全部繋《つな》げたら、暗号になってるんです。荒川さんも読んでみてくださいよ」

「読まねえよ」

「何でですか」

「だってもう、オチ言っちゃってんだもん」

「あ、そっか」

「もー。寿司屋に行って、いきなり大トロ食わされた気分だよ」

そう言うと荒川は閃《ひらめ》いた、という顔をした。「このフレーズ使えそうだな」

荒川は自分の発言を忘れないよう、スマホでメモをとる。

「いや、そんなにうまい喩《たと》えじゃないと思いますよ」

「だから、急なダメ出しはダメだって」

荒川が苦い顔をした。

丸子は自身のスマホで『スパイ転生』のページを開く。
回を増すごとに増えるコメントの数に、丸子は言いようのない喜びを感じていた。

◇　203号室　流川翼

「流川くんって、今年、何年目だっけ?」

「四年目、です」

上司の堂場《どうば》に呼ばれ訪れた、十階の会議室。ガラス張りの窓からは、渋谷の街が見渡せた。

当たり前だが、人が小さく見えた。コロナ禍が収束したと思ったら、途端に海外からの訪日客が増えた。ここ渋谷も、外国人で溢《あふ》れ返っている。だが豆粒ほどのサイズで見ると、どれが日本人でどれが外国人なのか、全く見分けがつかない。それなのに、なんとなく男女の区別はつくから不思議だ。

「いい天気だな」

外を見ていたら、堂場が言った。だが流川には曇り空に見え、口に出していうほどいい天気には思えなかったのでそのまま聞き流す。

堂場も流川も新卒でこの会社に入社、堂場は二回りは上の先輩に当たる。短髪に筋肉質で、見た目はバリバリの体育会系だが、数字に細かく、同期の中では一番の出世頭らしい。マイクロマネジメント気味の彼が流川の勤続年数を把握していないはずはない。堂場なりのアイスブレイクだ。

「今日は何で呼ばれたか、わかる?」

定例報告なら、オフィスのミーティングスペースで済むはずが、今日は個室の会議室ときている。いい話か悪い話か、どちらにしろ、人目を気にする話であることは間違いない。

「実は、流川くんにプロジェクトのリーダーを任せたいと思ってるんだ。今度立ち上げる予定の、CRM室の」

流川の返答を待たず、堂場が続けた。

「CRM室?」

耳慣れない名称だったので流川は聞き返した。

「Customer Relationship Management」

堂場は流暢《りゅうちょう》な英語でそう言った。堂場は帰国子女だ。彼が発する横文字はいつも、意識しているのかしていないのか流暢な発音になる。余計、何のことなのかわからなかったが「日本語で言えば『顧客関係性マネジメント』。顧客との関係性向上がミッションになる」と続けたので、何となく意味は理解した。

「顧客データの管理とニーズの吸い上げ、それに伴う企画の提案、指標は顧客の訪問頻度と客単価上げ、とかですか」

流川が思いついたことを適当に述べると「That's right」と堂場は声を上げる。

「さすがだね。そんな流川くんに、このチームを引っ張って欲しいと思ってる」

「はあ」

「なんか反応が薄いね。嬉しくないの？」

堂場は流川の顔を覗《のぞ》き込む。どうやら、知らず知らずのうちに俯《うつむ》いていたらしい。

「ええと、なんで私がリーダーなんですか？」

素直な疑問を投げる。堂場はそれ来たと言わんばかりに、満面の笑みを浮かべる。

「優秀だからだよ。分析は的確だし、流川くんが立てたプランは、どれも目標数値を大幅に達成してる。クライアントからの評価も上々だ」

「評価はしていただけてる、ってことですよね」

「もちろん」

「それは、ありがとうございます。けど」

「けど？」

「ええと、評価していただけてるのは本当にありがたいんですけど、その、リーダー？ですか。それは、ちょっと、遠慮したいな、と思って」

「なんで」

堂場は信じられない、と言わんばかりの表情を見せた。

「リーダーって、あれですよね。チームを引っ張る」

「もちろん」

「うちのチームって、新卒の宮前《みやまえ》さんと、同期の前川《まえかわ》さん、あと中途の中島《なかじま》さん」

「そうだな。中島くんは中途で社歴も流川くんよりも長くて年上だけど、これから先のキャリアを考えたら、今のうちに年上のマネジメントも経験しておいた方が」

「ちょ、ちょっと待ってください。これから先のキャリアって、私、何かそんな要望、だしたことありましたっけ？」

「いや、それはないけど」

堂場は目を瞬かせる。「流川くん、ちょっといい？」

「はい」

「簡単にいえばこれ、昇格面談なんだよ。昇格。意味、わかるよね？」

「はあ」

「会社に評価されて、昇格推薦出したら、役員会で決裁がおりたんだ。流川くんは来月から、新設組織のリーダー」

「あの、一ついいですか？」

流川は控えめに手を挙げる。

「どうぞ」

「あの……。勝手に。昇格させないでもらっていいですか？」

「え？」

「昇格ってことは……、その、リーダーになるってことは、責任も増しますよね」

「そうだね、チームの成果の責任は負ってもらうことになるから、当然だよ。それが、リーダーの責務だから」

「そういうのじゃないんですよね」

「は？」

堂場は声を張り上げる。

「昇格って、断れますか？」

「はぁ？」

堂場はさらに大きな声を出した。

「なんか、罰ゲームみたいで嫌なんですよね。マネジメントって」

「罰ゲーム……」

堂場は無意識にか、体をのけ反らせた。

「だって、いくら仕事の範疇《はんちゅう》とはいえ、生まれも育ちも違う人たちをまとめなきゃいけないんですよ。学校だったら同じ年代って共通項ありますけど、会社は同じ会社の同じ部署に勤めてるってだけで、歳もバラバラだし、まるっきり意見も考え方も合わない人もいるし、なんだったら、足を引っ張る人だって――」

「それをまとめるのが、リーダーの仕事なんだって」

　堂場は流川の言葉を遮る。

「だから、それが嫌なんですよ」

　それから二、三十分、同じような押し問答が続いた。

　何かのネット記事で読んだのだが、昭和世代は「今が苦しくても、未来は明るい」と思って仕事をしている。対してZ世代は「今はなんとかなってるけど、未来はわからない」と思って仕事をしている。らしい。Z世代とひとくくりにされるのはあまり好きではないが、前者の考えより後者の方が、腑《ふ》に落ちるのは事実だった。

　丸三年働いてわかったが、この会社の未来はわからない。

　これから大きくなるかもしれないし、ならないかもしれない。だが会社の主軸である堂場の層と、これからを担う流川の層とで、世代の考え方のギャップがあることは間違いない。

　面談後、業務に戻ったのだが頭が冴《さ》えず、明日《あした》までに提案すべき企画書の仕上げに手こずってしまった。なんとか営業担当に資料を送付できたのは、終電ぎりぎりの時間だった。

電車に揺られながら、そういえば最近残業が増えていることに気がついた。うちの会社はみなし残業制なので、残業しようがしまいが、給料はビタ一文変わらない。これ以上責任が増し、扱う案件も大きくなったら、定時で帰ることは余計に難しくなるだろう。嫌いな会食が増えるのも自明だ。

給料が増えるのは素直に嬉《うれ》しい。

だが、自分の自由な時間を犠牲にしてまでそれが欲しいかというと、考えてしまう。

そろそろ潮時かもな。

揺れる電車の中、計算する。一月末の退社なら、有給がまだ残っている。最終出社日を年内にすれば、しばらくの間はゆっくりできるかもしれない。

次のことは、辞めてしばらく経ってから決めればいい。

電車が大きく揺れた。

車窓から見える街並みは、時間帯のせいか、いつもより灯《あか》りが少なく見えた。

◇　4

「――あった？」

集配所で配達物のチェックを入念にしていた丸子に、荒川が尋ねた。

先日、配達物をトラックに搬入するのを忘れたため配送が大幅に遅れてしまった。そのお客さんのクレームが八谷の耳に入り「次はないからね」と注意を受けていた。

「え？」

荷物のチェックに集中していたため、荒川の言葉を聞き逃していた。

「コミヤチヒロの荷物。あった？」

それは入念に配達物をチェックしていた理由の一つではある。

「ないです。今日は」

「そうか。寿司屋に行ったのに、大トロがネタ切れだったって感じだよな」

よほど気に入っているのだろう。昨日の寿司屋の喩《たと》えが翌日になっても継続していた。そのうち彼の小説にも使われるだろう。

確認が終わった荷物をトラックに積んでいる途中、「クレマチス多摩２０３号室流川翼」宛の荷物に目が留まった。

「あ」

そうだ。流川翼には昨日電話をして、今日の再配達の約束を取り付けたのだ。時間をメモした紙はポケットの中に……。

クレマチス多摩までトラックを走らせ、早速２０３号室に向かう。インターフォンを鳴らすが、誰も出ない。丸子は携帯電話の履歴から再び流川に電話をかける。

「はい」

流川はすぐに出た。

「あ、すみません、八谷運輸の丸子と申しますが、再配達に来まして」

「え？　この時間でしたっけ」

流川は驚いたような声を上げた。丸子は申し訳ない気持ちで頭を下げる。

「実は、お伺いした再配達日時のメモを、紛失してしまいまして」

ポケットに入れたはずのメモはどこかで落としてしまったのか見当たらず、早い方がいいですかねと流川が言っていた記憶があったため、とりあえず早めに来たのだ。

舌打ちが聞こえた。

「んだよ」

「すみません」

丸子は謝るしかない。

「何、そんなデカいの？　荷物」

流川翼宛《あて》の荷物は、片手で持てるほどのサイズのものだ。品物欄には『アクセサリー』と書かれている。

「いや、そこまでは……」

「じゃあポストにでも入れといてよ」

と、乱暴に電話を切られた。

ポストに入れておけと言われても、２０３号室・流川の郵便受けは押し込まれたチラシや封筒で溢《あふ》れ返っていた。とてもじゃないが、荷物を入れられる状態ではない。

自然とため息が漏れる。負のループは続く。荷物がナマモノじゃないことだけが救いだった。丸子は不在票をなんとか２０３号室のポストに押し込んだ。

ふと、２０５号室のポストが目に入った。先日出会った小宮の笑顔が脳裏に蘇《よみがえ》る。いまや丸子の生き甲斐《がい》と言っても過言ではない『スパイ転生』の作者が、まさか自分の配達地域にいるとは。それどころか、あんなに美人だなんて。いや、まだそうと決まったわけではない。

どちらにしろ彼女宛の荷物はトラックにないので、今日は会うことができない。それは当たり前のことなのに、なぜかすごく悲しい気持ちになる。

ひとめ、彼女の部屋のドアだけでも見て帰り、気持ちを落ち着かせよう。そう思い205号室に向かうと、何やら物音が聞こえた。

クレマチス多摩は階段を登り右に曲がると外廊下があり、1号室から3号室までが一列に並ぶ。縁起の悪い4号室はなく、飛んで5号室だけが、その廊下の角を曲がり奥まったところにあった。

丸子がその205号室への角を曲がると、ドアの前に男の姿があった。丸子は慌てて身を隠す。恐る恐る覗《のぞ》くと、見慣れない男が、205号室のドアノブをガチャガチャと乱暴に鳴らしていた。

誰だあの男は。このマンションの住人だろうか？

このクレマチス多摩の担当になって二週間経つが、初めて見る顔だ。

クリーム色のブルゾンを着た男はしばらくガチャガチャと205号室のドアノブを鳴らし続けたあと、諦《あきら》めたのか舌打ちをし、振り返る。丸子は慌てて顔を引っ込める。外廊下を爪先立ちで走り、一階への階段に身を隠した。足音が近づいてくる。しまった。ここにいては鉢合わせになる。丸子は抜き足差し足で階段を降りる。だが、近づいてきた足音はやがて上方、三階へと向かっていった。

丸子は急いでマンションの外に出て振り返る。踊り場を三階へ登っていく男の姿が見えた。三十代半ばくらいの男性で、髪は七三分け、緑のチェックのシャツに、クリーム色のブルゾンを羽織っている。

その後、丸子は三階まで登ったのだが、男の姿はなかった。その事実は、彼がこのマンションの住人で、三階に住んでいるということを告げていた。

三階の住人が、小宮千尋とどういう関係があるのか？

集配所に戻ってもその不安は消えず、むしろ増すばかりだった。

小宮の恋人だろうか？　色恋で縺《もつ》れているのか？　前に付き合っていた彼氏が、別れを拒んで追ってきた、とか。編集者？　原稿の入稿が遅くてわざわざ家まで催促に来たのか？　いや、素人《しろうと》でも掲載できる投稿サイトだ。編集者などついているわけはない。だが『スパイ転生』があまりにも面白くて、すでに出版化に向け担当編集がついている可能性も……。いや、だからといって、あんなにイラついた態度でドアノブを乱暴に扱うだろうか。それに同じマンションの住人だ。たまたまなのか？　いや、そんな偶然、あるはずは……。

いいようのない不安が、丸子の胸に募り渦巻いていく。

◇ 5 、

「どうした丸子くん。手が止まってるよ」

翌日、荷物をトラックに積み込んでいる最中に、八谷に声をかけられた。ドアノブ男についてあれこれ考えていて、呆《ほう》けてしまっていたのだ。

「あ、すみません」

「え？　もしかして、またなんかトラブル？」

八谷は苦虫を嚙《か》み潰《つぶ》したような表情で言った。

「いや、何もないですよ」

丸子は全力で否定する。

「ホント？　ならいいけどさ」

八谷は行きかけて、踵《きびす》を返す。「頼むよ。次はないからね」

丸子は「はい」と頭を下げる。

最近、丸子が担当する地域で配達のトラブルが続いていた。確実に八谷から目をつけられている。次に何かトラブルを起こしたら、何らかの処罰が下されるだろう。

余計に気持ちが沈む。手に持った荷物に視線を落とす。

クレマチス多摩３０１号室宛の荷物だった。

「三月なのにまだ寒いわねえ。ほら見て、ミーちゃんも全然元気ないのよ」

クレマチス多摩３０１号室の住人、長谷部《はせべ》弘美《ひろみ》が、猫を抱いたまま丸子の応対をする。ミーちゃんとは赤い首輪が似合う小太りな黒斑猫《くろぶち》だ。確かに、以前見かけた時よりもぐったりしている様子だった。

「そうなんですね」

長谷部はこのマンションの住人の中では一番のおしゃべりだ。一聞けば十返ってくるし、何も聞かなくても何か教えてくれる。現に、今もずっと最近の天気についてしゃべっている。長谷部は四十代半ばくらい、カチューシャで前髪を上げおでこを出しているので若々しく見える。

このマンションの情報収集をする上で、彼女ほどの適任はいない。

「あの、長谷部さん。一つお伺いしてもよろしいですか？」

「あら珍しい。何？」

これまで丸子が長谷部の話を遮ったことは一度もない。込み入った質問などなおさらだ。長谷部は興味津々に、前のめりになる。

「このマンションの住人で、三十代くらいの男の人で、髪を七三分けにしてる方っていますか？」

長谷部は「あー」と長く発し続けた後、目を見開いた。「いるわよ」

思いのほかすぐに正解に辿《たど》り着いた。

「ほんとですか。どちらにお住まいか、ご存知だったりしますか？」

「隣よ。302号室」

やはりこのマンションの住人だったか。だが。

「302……お伺いした事、ないんですよね」

「私もよく知らないわよ。隣人とはいえ、そこまで関わりないし。でも」

長谷部はそう言って、表情を緩める。「男前よね」

「はあ」

女性から見て魅力的なのか。小宮千尋とはやはり、恋愛関係にある、もしくはあった——のだろうか。「じゃあ、名前とかもわかんないですかね？」

「そうね」

長谷部は何か事情があると踏んだのか、興味深げに続ける。「なに、何でそんな事聞くの？」

「あ、いや、見かけない人だなあと思って。ちょっと気になって」

その後も長谷部から、勤めているスーパーの愚痴を延々十分ほど聞かされ、ドアを閉めた。

隣の302号室の前に立つ。

インターフォンを押す勇気はなかった。

◇6

「意外と面白いね。これ」

荒川はコミヤチヒロの『スパイ転生』のページが表示されたスマホ画面を丸子に見せて、そう言った。八谷運輸の休憩室だ。

「大トロ食べたから、もう満足なんじゃなかったんですか」

「この寿司屋は、他のネタも食べ応《ごた》えがあるよ」

上から目線が気になり、丸子は嫌味のつもりで言ったのだが、荒川から思いもよらない言葉が出た。丸子は反射的に「ありがとうございます」と頭を下げた。

「別に、お前を褒めたわけじゃないけどな」

荒川はお茶菓子をボリボリと齧《かじ》りながら言った。

「で、荒川さんはどう思います？」

「まあ、一つ一つのトリックは見たことあるけど、それが組み合わさって合わせ技一本、って感じだな」

「いやあの、小説の話じゃなくて」

「あー、ドアノブガチャガチャ男？」

荒川がテーブルに肘《ひじ》をつき、こめかみを指で押さえる。丸子は今日、クレマチス多摩で起こった出来事を詳細に荒川に伝えていた。客観的な意見が欲しかった。

「何者、なんですかね？」

「うーん。まあ、お前の話聞く限り、やっぱり、あれだよなあ」

「あれ、ですか」

「そう。あれ」

荒川は明言しない。

「ストーカー、ですか」

頭の中では何度も浮かんだ言葉だが、こうして口にするとずしりと重い。

「まあな。そんな感じするよな」

「やっぱり、警察に相談した方が良いですかね」

一方的な恋愛感情からストーカーになり相手に危害を加えた事件は、ニュースに疎い丸子でもいくつか見知っていた。殺人事件に発展する例も少なくない。もしあの七三男が小宮のストーカーだったら、彼女の身に危険が迫っているということになる。

「でも、それでもし違ったら、あの所長が黙ってないだろ」

八谷の顔が目に浮かんだ。「頼むよ。次はないからね」つい先ほども、その言葉を聞いたばかりだ。

丸子は考える。

七三男にコンタクトを取る方法はないか。彼が小宮のストーカーかどうなのか、それだけでも確認したかった。

ふと、妙案が浮かんだ。

「じゃあ、荷物届けるついでに探ってみるとか？　302号室」

「なるほどねえ」

荒川の瞳《ひとみ》が輝く。「で、あるの？　届ける荷物」

「あ」

だめだ。

302号室には、これまで配達に行ったことは一度もなかった。あったら見覚えがあるはずだ。おそらく明日《あした》もないだろう。重たい空気が、丸子と荒川の間に積もる。

「集荷行ってきまーす」

ふと、集配所を出ていく同僚の声が聞こえた。

「あ」

丸子と荒川は同時に声を出し、見つめ合った。

◇

7

丸子はトラックを降りると、クレマチス多摩を見上げた。見慣れたマンションだ。指定時間配達と集荷で、一日に三往復したこともある。ピンクの外壁のマンションは珍しかったが、いつの間にか慣れ、今ではこのマンションの外壁はピンク以外似合わないとさえ思うようになっていた。

「よし」

意を決してマンションの階段を登る。落ち着かないのは、いつも持っているはずの荷物がないからか、それとも。

３０２号室の前で深呼吸する。大丈夫、大丈夫。そう自分に言い聞かせる。

インターフォンを鳴らす。

「はい」

「八谷運輸です」

しばらくすると、扉が開いた。男が現れた。

「何か？」

長谷部の言葉通り、３０２号室の住人は先日小宮の部屋のドアノブをガチャガチャしていた、七三分けの男だった。

「すみません。八谷運輸ですが、集荷に参りました」

丸子は動揺を悟られないよう、落ち着いた口調で告げる。

「え、頼んでないですけど」

「あれ？　おかしいな。こちら、302号室の長谷部さんですよね」

丸子は開いたドアの隙間から部屋の中を覗《のぞ》く。だが、七三男は最低限の隙間しか開けていないため、中の様子が窺《うかが》えない。

「いや、違います」

七三男は、ドアを閉めようとする。

「あ、じゃあ、お名前。なんて言うんですか？」

「は？」

「あ、すみません。手違いがあった場合、会社に報告しなきゃいけない事になってまして。お名前、伺ってもいいですか？」

七三男は怪訝《けげん》そうな表情を浮かべながら、「すみません」とまたドアを閉めようとする。

「あ、待って」

丸子は反対側にドアを引いた。力の加減を間違え、ドアは勢いよく開かれる。全開になったドアで、視界を遮るものがなくなった。見えた部屋の奥には机があり、その上には何やら怪しげな機材が並んでいた。アンプ、アンテナ、キーボードにデスクトップ、大きなヘッドホン。壁には何枚もの写真が貼られている。

時間にしておそらく一秒ほど。だが、七三男の生態を把握するには十分な時間だった。

これは、やはり——。

「島崎《しまざき》です」

七三男はそう言うと、「もういいですか」と不快感を露わにし、急いでドアを閉めた。

トラックに戻り、スマホで『盗聴器』と検索する。先ほど302号室の島崎の部屋で見たような機材が、次々と表示された。画面をスクロールするにつれ、自然と動悸《どうき》が早くなっていく。疑惑が確信に変わっていく。

間違いない。あの七三男……島崎は、小宮千尋のストーカーだ。

丸子はいてもたってもいられず、足早に205号室に向かい、勢いのままインターフォンを鳴らした。

「はい？」

小宮千尋の声だ。

「あ、八谷運輸の丸子と申しますが」

すぐに扉が開き、小宮が現れた。先日となんら変わった様子はない。整った顔で迎えてくれたが、丸子の手に荷物がないことがわかると、「何か？」と小首を傾げた。

「あ、あの、集荷です。今日、集荷をお願いしてないですか？」

と、先ほど島崎に使った手法で切り抜ける。いや、正確には、切り抜けられてはいないのだが。

「え、してないですけど」

「あ、そうですか。すみません」

小宮は一瞬怪訝な表情を浮かべた後「ご苦労様です」と小さな声で言い、ドアを閉めようとする。

「あ、あの！」

丸子は大きな声で呼び止めた。ドアはまた開いたが、小宮の表情はさらに曇っていた。

あなたを狙うストーカーが、このマンションに住んでいます。302号室の住人で、島崎という名前の男です。先日、あなたの部屋のドアノブをガチャガチャと鳴らしている場面を見ました。島崎の部屋には盗聴器もありました。ひょっとしたらあなたの部屋が盗聴されている可能性も……。

そこまで考えてふと、それを伝えてどうなる？　と我ながら思った。

仮に島崎がストーカーじゃなかったら、大問題だ。クレームは八谷の耳に届き、丸子はクビになるだろう。

それよりもまず、彼女に伝えるべきことがあるはずだ。そう考えたら体が、心が、急に軽くなった気がした。

「小説、読んでます」

「え？」

丸子の言葉に、小宮の表情が一変する。

「すみません。この間、お名前を伺って、もしかしてと思って。『小説家になろう』に小説投稿してる、コミヤチヒロさんですよね？」

小宮千尋は瞳を上下に動かし、動揺を見せながらも「はい」と頷《うなず》いた。

やはりそうだった。丸子の予想は当たっていた。

「ファンなんです。『スパイ転生』、毎回読んでます。この間のトリックも予想外で、興奮しました」

話していくうちに自分がどんどんヒートアップしてくるのがわかる。

「あ、ありがとうございます」

小宮千尋は一瞬口角を上げた後、頭を下げた。気持ちを伝えた丸子はそれである程度頭が冷えたのか、今、確認すべきことを尋ねようと頭を切り替える。

「それでその、最近変わったこととかないですか？」

「え？」

小宮は意味がわからないというふうに尋ね返す。

「誰かに、見張られてるとか」

「いや、別に。——何で、ですか？」

小宮は何かを恐れるような瞳《ひとみ》で丸子を見つめる。

「いや、その」

実際に盗聴されているとしたら、丸子のこの声も聞こえているはずだ。それは彼女を余計な危険にさらすことになりかねない。まずは彼女の身に危険が迫っているか、その自覚があるかどうかの確認が先だ。「最近、不審者がこの辺に出没してるって小耳に挟んで」

「あ、そうなんですか」

「はい」

「——あの」

しばらくの間、何かを考えていた小宮が口を開いた。

「はい？」

丸子は小宮の顔を覗き込む。何か思い当たる節があるような表情だ。だが小宮は
「いえ、やっぱり、大丈夫です」とその言葉を呑《の》み込んだ。

「え？　でも」

「いやいや、全然、大した事じゃないので。では」

小宮はまた笑顔になり、ゆっくりとドアを閉めた。丸子は閉まりゆくドアに手を伸ばそうとして、やめた。


その日の最終便、午前中の荷物の再配達で、再度クレマチス多摩を訪れた。道路が工事中のため迂回《うかい》を繰り返し、予定時間を大幅に過ぎてしまった。急いで車を停めようとしたところ、駐車場の出入り口にベージュのコートを羽織った女性が立っていた。もう夜もいい時間帯なので、クラクションを鳴らすのは気が引ける。

「すみませーん。ちょっと、通してもらっていいですか？」

丸子はトラックの窓を開けて叫んだ。だが女性は振り向かない。何度か「すみませーん」と声をかけるも、微動だにしない。

丸子は諦《あきら》めて、女性を避ける形で車を進める。すれ違いざま彼女の顔を見ると、瞳がくりくりとしていて、綺麗《きれい》な女性だった。髪は肩につくかつかないかのミディアム

ヘアで、初めて見る人だ。

マンション脇に車を停め、立ち尽くす女性に向かって一礼する。

女性はマンションの二階部分の一点を見つめ、ぼうっと突っ立っている様子だった。

「あの……何か、ありました？」

丸子は気になり、荷物を抱えたままミディアムヘアの女性の傍に駆け寄る。だが女性はマンションの方をただ見つめ続けるだけだった。丸子は彼女の邪魔をしてしまったと、「失礼します」と頭を下げてその場を去る。階段を登りながら、反応がないのはひょっとしたらイヤホンをつけていたからかもしれないと思い至る。伸びた彼女の髪で、耳の穴までは見えていなかった。Bluetoothのイヤホンをつけていたとしても、何ら不思議ではない。

配達から戻ると、ミディアムヘアの女性の姿は無くなっていた。

このマンションの住人だろうか。もしくはこのマンションの住人の恋人で、相手が出てくるのを待っていたのかもしれない。ぱっと思いついただけでも、数人の男性の顔が浮かんだ。

不意に丸子は、駐車場から２０５号室を見上げた。部屋から彼女が出てきて、丸子に気づき手を振る。そんな妄想が頭に浮かんだ。

――あの。

いいえ、やっぱり、大丈夫です――

彼女はあの時、確実に何かを言おうとしていた。何を丸子に伝えようとしたのだろう。それを聞き出せなかったことが、今頃になってひどく悔やまれた。

◇205号室　小宮千尋

小説家になりたいと思ったのは、大学に入学してからだ。

受験勉強ばかりで、読書といっても問題文に出てくる評論や小説くらいで、本を一冊読み終えたのは、夏休みの読書感想文の宿題くらいしか記憶にない。新聞は読書のうちには入らないだろう。

そんな小宮を小説の世界に引き込んだのは、ライトノベルだ。

純文学やエンタメ小説は読むのが疲れる。その点、ライトノベルは漫画のようにすらすら読めた。初めて読んだライトノベルはアニメにもなった作品で、もう何度読み返したかわからない。個人的には映像と音で再現されたアニメより、文章で世界を表現し想像力を掻《か》き立ててくれるライトノベルの方が好きだった。

そのうち、自然と自分でもライトノベルを書くようになった。だが、簡単そうに見えて、これが結構難しい。物語を作るにも、そもそものインプットが圧倒的に少なかったので、まずは色々な作品を吸収するところから始めた。

毛嫌いしていた純文学、頭が痛くなるミステリー、苦手だった恋愛小説。小説だけじゃ世界が広がらないと、映画も一日一本観ることを日課にした。ファンタジーはもちろん、SF、アクション、コメディ、ラブロマンス。

　それからいくつか小説を書いた。だがどれも途中で話に行き詰まり、最後まで書きされない。

　そうこうするうちに大学を卒業、地元には戻りたくなかったので、そのまま都内で就職した。それでもまだ、小説は書き続けた。当時はまだ、誰にも読んでもらっていなかった。面白くないと言われるのが怖かったからだ。

　小説を書くことは楽しかった。だが読者もいなければ、完結もしない中途半端な物語がどんどん増えていくことで、小宮の気持ちは徐々に重くなっていった。

　ある日、友人に連れられて占いカフェに行った。よく当たると評判の占い師で、小宮は付き添いだったのだが「千尋も見てもらったら？」と友人に勧められ、手相を見てもらうことにした。占い師は黒いドレスに身を包んだ、お団子ヘアの大柄な女性だった。

「あなた、何か溜《た》め込んでるものあるでしょ？」

　どきりとした。小説のことですか、と訊《き》きたくても訊けない。その友人にも小説を書いていることは伏せていたからだ。「発散しないと、大きな病気になるわよ」とその大柄な占い師は言った。

　発散？

「賞に応募しろってことですか？」

言葉の真意を探る。だが占い師は「知らないわよ。今ならいくらでもできるでしょ。とりあえず、溜め込んじゃだめ」としか言わない。

「賞に応募って何？」と尋ねてくる友人を何とかはぐらかし、小宮は家に帰って一人考える。

最近、体調がすぐれなかったのは小説を書き溜めていたせいなのだろうか。胸が急に締め付けられ、不安になり病院に駆け込んだこともあった。だが、検査しても特に心臓や肺に問題はなく、血液検査とレントゲンだけをみると至って健康との診断を受けていた。

書き溜めている作品の中で、何か賞に応募できるような作品はあるだろうか。ライトノベルの文学賞を探していると、応募要項に書かれている「未発表作品に限る。非営利目的でウェブに公開された作品に関しては未発表作品扱いとなる」という文言に、これまで選択肢から除外してきた、小説投稿サイトが浮かび上がった。

小宮は未完だが書き溜めた小説のひとつを細かく区切り、小説投稿サイトに掲載する準備を始めた。だが、その作業の途中で思い至る。

いやいや。私なんかが小説投稿サイトに作品を投稿するなんて。面白くない、つまらないとコメント欄が荒れるに決まっている。いや、コメントが荒れるくらいならまだいい。もし、誰一人として読んでくれなかったとしたら――。一度湧いた不安な感情はそう簡単には消えず、結局、そのまま放置した。

それからしばらくして、小宮を占いに誘った友人から連絡があった。

「あの占い師の言った通りにしたら、昨日プロポーズされた笑」

幸せいっぱいのスタンプと共に送られてきたメッセージに、小宮は心を決める。

小説を投稿しよう。

コメント炎上については考えないことにした。誰も読んでくれなかったとして、投稿することで小宮が作り上げた物語が、キャラクターたちが世に出るのだ。それはとても喜ばしいことのように思えた。それに、第三者に文章を見てもらうことは大事かもしれない。文章表現を磨く、いい修業になる。何事もポジティブに考えることにした。

小宮は、好きな作家が投稿している小説投稿サイトに作品を投稿することを決めた。決めたはいいが、何を投稿しよう。準備を進めていた作品でいいか？　だが、読み直してもいまいちパッとしない。だったら、まるっきり新しい作品の方がいい。転生ものでで、最近好きなスパイ映画の要素を組み込もう。謎解き要素もあった方が面白そう。設定はみるみるうちに固まっていく。

創作活動に集中するため、仕事を辞めた。不規則な時間帯の勤務が多く、それならば好きな時間に働けるフリーターの方がいいだろうと悩んだ結果だ。給料は大幅に下がるが、暮らしていけないわけではない。家も、次の更新のタイミングで引っ越そう。家賃の安い郊外がいい。今から物件を探しておかないと。

第一話を書き終え、何度も推敲《すいこう》したあと、投稿準備に入る。

作品名は『スパイ転生』にした。作者名は色々とペンネームを考えたが、シンプルに本名のカタカナ表記にする。占い師の「発散しないと、大きな病気になるわよ」という言葉が、ずっと気になっていた。何の由縁もないペンネームだと、小宮が発散したと思われず、大きな病気にかかってしまうかもしれないと思ったからだ。

投稿ボタンを押す。

小宮の作品が、ウェブサイトを通じて世界中に公開される。いいようのない期待と不安が、小宮の心に押し寄せる。

胸が締め付けられるように痛い。だがこの痛みは、不快ではなかった。

「盗聴器ねえ」

荒川は気怠《けだる》そうに丸子の言葉を繰り返した。

「これとそっくりなのが、島崎の部屋にあったんです。盗撮写真もいっぱいあったし」

◇ 8

その日の配達が終わり八谷運輸に戻ると、荒川は二階のベランダにある喫煙所で缶コーヒーを飲んでいるところだった。丸子は駆け足で事の経緯を説明し、スマホの検索結果画面を荒川に見せつける。島崎の部屋で見たのとそっくりの機材が「盗聴器」と称して通販サイトで売りに出されていた。

「写真には、何が写ってた？」

盗聴器の画像を見つめた後、荒川が尋ねた。

「それは」

記憶を呼び起こすも、壁に貼られた写真に何が写っていたのかは、正直、角度的にわからなかった。「よく見えませんでした」

「本当に盗撮写真？」

そう言われても、確信が持てない。丸子は首を傾げるしかない。

「うーん」

荒川は腕を組み唸《うな》る。

「あ、あと、コミヤさん、僕に何かを伝えようとしてやめたんですよ。もしかして、ストーカーに心当たりがあって、でも盗聴されてることにも気づいてるから、言えなかった。とか」

「うーん」

荒川は唸ってばかりだ。

「やっぱり、通報した方がいいですよね？」

「でも、まだ絶対そうだって言い切れないよな。これでもし違ってて、所長の怒り買ってクビとかになったら、お前、もうコミヤチヒロに会えなくなっちゃうよ」

荒川は至極真っ当な意見を口にした。それは丸子が恐れている事実そのものだ。だから、困っているのだ。

「とはいえ、怪しいのは事実だしな。もうちょっと、確実な情報があると良いんだけど」

荒川は後頭部に両手を回し、宙を見上げる。

確実な情報。

302号室の島崎が、小宮千尋のストーカーだという確固たる証拠。

丸子も宙を見上げ、クレマチス多摩に思いを馳《は》せる。

自称、あのマンションについて最も詳しい男だ。何か見落としていることはないか。

ふと、ある男の顔が浮かんだ。

◇　9

「はい」

長い髪を後ろに束ねた男が、ドアを開け現れた。303号室の沼田《ぬまた》だ。若作りだが、その目元の微かな皺《しわ》と水分を失った肌質が、彼の実年齢を物語っている。

三階のことは三階の住人に聞くのが一番だ。302号室の島崎の隣に住む彼ならば、何か知っているはずだ。

「八谷運輸です。サイン、お願いします」

「今、急いでるんだけどなあ」

イラつきを隠そうともしない口調で、沼田が伝票を乱暴に取る。ドアの裏を使い、急いでサインを書く。玄関先にはパンパンに膨れたボストンバッグが二つ、置かれていた。

「旅行ですか？」

「旅行っていうか、引っ越すんだよ」

沼田は早口で言った。

「そうなんですか」

しかし、家の中は引越しの準備ができているようには見えなかった。段ボール箱ひとつない。

沼田は丸子の視線から察したのか、

「引越し先はこれからなんだけど、とりあえずこんなところ、すぐにでも出て行きたいんだよ」

と、何かに怯《おび》えるように周囲を窺《うかが》いながら言った。

「何かあったんですか？」

「君には関係ないでしょ」

沼田が吐き捨てるように言った。ごもっともだ。沼田はサインを書き終えた伝票を丸子に手渡し、荷物を剝《は》ぎ取るように抱えると、すぐさま自室に戻ろうとする。おしゃべりの長谷部のようにはいかない。だがここで引き下がるわけにもいかない。

「あの、もしかしてお隣の方と何か関係がありますか？」

閉じられようとしたドアが止まった。

「え」

沼田の目が見開かれる。

「やっぱり、関係があるんですね？」

ビンゴだ。やはり、隣人は隣人を知る。

「もしかして、君も見たの？」

「はい。盗聴器、ですよね？」

「盗聴器？　ああ。それもそうなんだけど」

沼田が言い淀《よど》む。

「沼田さんは何を見たんですか？」

丸子が促すと、沼田は息を呑《の》んだ。眼球を見開き、左右を警戒しながら、ゆっくり
と言った。

「昨日、隣がうるさかったから、注意しに行ったんだよ。そしたら」

沼田が喉《のど》を鳴らす。「見えちゃったんだ」

「見えたって、何が」

「女がいたんだ。血だらけの」

「――血だらけの……女」

丸子の脳裏に浮かんだのは、全身に真っ赤な血を浴びた小宮千尋の姿だった。

丸子はいてもたってもいられず、急いで廊下を駆け降りた。階段を一息に飛び降りて、一目散に205号室を目指した。

インターフォンを鳴らす。扉を叩《たた》く。

「小宮さん、小宮さん」

何度も叩き続けるが、扉は一向に開く気配はない。

◇

10

「お待たせしました」

駆け込んだ中沢《なかざわ》一丁目の交番で経緯を説明すると「本官が確認してきますね」と自転車で向かった警官が戻ってきた。待っている間、丸子はコミヤチヒロの『スパイ転生』のサイトを確認していたが、今日の更新がまだされていない。これまで全百六十話、毎日一日も欠かさず更新されていたにも拘《かか》わらずだ。

ヘルメットを脱ぎ帽子を被《かぶ》り直した警官が、「302号室の島崎さんと話をしましたよ」といきなり核心に触れた。

「どうでしたか？」

「お兄さんの思い過ごしですね」

「え？」

全く予想していなかった発言に、丸子は驚きを隠せない。警官は聴取の間に取ったであろう、メモを広げながら言った。

「ど、どういう事ですか？」

「彼はね、芸人さんなんだそうです」

「芸人？」

芸人ってあの、お笑い芸人？

「ええ。あの部屋、事故物件とかで、テレビ番組の企画であそこに住んでるんだそうです」

「事故物件？」

クレマチス多摩の302号室が？

「ええ、有名なんですよ、あそこ。人が消えるマンションって言われてて」

「人が消えるマンション……」

丸子は絶句するしかない。初めて聞くことばかりだった。

「前にもあのマンションの住人が消えたって、騒ぎになったことがありましてね」

「え」

「まあ、でも結局、そのあとその住人の方と連絡はついたんですけどね」

自称、クレマチス多摩に一番詳しい男の面目はすでにない。思えば担当が代わり、この地域の配属になってまだ二週間ちょっとだ。大した引き継ぎ事項などなかった。それより以前の情報など、知る由もない。

だが、気になる点がまだ残っている。

「でも、あの部屋にあった機械とか、写真は」

「あれは」

警官は島崎との会話を思い出しているのか、宙を見ながら言った。「怪奇現象を調べるものだとか言ってたな。写真はこれまでに撮れた心霊写真だとか」

そんなはずはない。あれは間違いなく、盗聴の道具だ。

だが、ラップ現象などを調べる際、小さな物音を聞く分には使えるかもしれない。写真も盗撮写真だとばかり思っていたのだが、実際にはどんな写真だったのか、丸子の側からはわからなかったのは事実だ。

「とにかく、事件性はないと思いますよ」

警官は明らかに話を切り上げようとする。だが、丸子はもちろん、納得がいかない。

「でも、隣の沼田さんは血だらけの女の人を見たって」

食い下がると、警官は急に不快感を顔に出した。

「しつこいね、君。それ、幽霊でも見たんじゃないの？」

警官の声は怒りからか、少し震えていた。

「幽霊って」

事故物件に、人が消えるマンションだ。幽霊くらい出たっておかしくない。とでも言いたいのだろうか。

「とにかく、今回も警察の出る幕ではないかな」

これ以上はもう話を聞かない。そう言わんばかりに、警官は大きな声で締めた。

◇　11

「興味深いね、実に」

八谷運輸に戻り、休憩室でお茶を飲んでいた荒川に一連の流れを報告した。荒川はいつにも増して真面目な表情で、前のめりに丸子の話を聞いている。

「信じるんですか？　おまわりさんの話」

荒川はスマホ画面を丸子に見せつける。彼の書きかけの小説が表示されていた。

「専門分野だからね。興味はあるよね」

「もしかして、小説のネタにしようとしてますか？」

「それはネタ次第かな」

「ふざけないでくださいよ」

どうりでいつも飄々《ひょうひょう》としているくせに、今回は真面目に聞いていると思った。

「ふざけてないよ。世の中には、信じ難いことがあるんだよ」

「じゃあ百歩譲って、島崎の部屋の機械が怪奇現象を調べるものだとして、沼田さんが見た女の人も本当に幽霊だというんですか？」

「地縛霊」

荒川は小さく頷《うなず》きながら続ける。「という可能性はある」

「地縛霊？」

「この世に未練を残して死ぬと、成仏できずにそこに居続ける。ってやつ」

「荒川さんまでそんなこと言うんですか？」

「無い話じゃないだろう」

「そんなわけないでしょう」

「でも、実際、事故物件だったんだろ？　あそこ」

「それは、そうですけど」

警官に言われ、帰り道に事故物件をまとめているサイトで調べてみた。確かに、クレマチス多摩で死亡事故があったのは事実だった。

「じゃあ、コミヤさんが家にいなかったのはどう説明するんですか？　昨日から小説の更新もないんですよ」

荒川は黙り込み、一瞬目を伏せたあと、ぽつりと呟《つぶや》いた。

「神隠しだな」

「神隠し？」

「千尋だけに」

「やっぱり、ふざけてますよね？」

荒川に相談したことを、丸子は心の底から後悔した。


その日、夜の配達が終わった後、丸子は再度クレマチス多摩に向かった。配達の荷物があったわけではない。じっとしていられなかったからだ。

マンションの前でトラックを停める。そのまま205号室を訪ねたかったがやめた。それをしたら、丸子はただのストーカーだ。クビだけでは済まない。

運転席からマンションを見ると、駐車場に人影があった、よく見ると、ミディアムヘアの女性だった。先日と同じく、マンションの方をじっと見つめていた。

彼女もよくこのマンションを訪れているのだろうか。ふとそう思ったが、そうであれば彼女は、ここで何かを見ている可能性がある。目撃者がさらにいれば、警察も、もっと丸子の話を親身になって聞いてくれるかもしれない。

藁《わら》にもすがる思いで、丸子はトラックを降り、彼女の許《もと》に向かった。

「よく会いますね」

尋ねるも、返事はない。そういえばまだ自己紹介をしていないことに気がついた。

「あの、僕、八谷運輸の丸子と申しまして、このマンションを担当しているものなんですが、201号室の巻坂さん、ご存知ですか？」

女性は何も答えない。

「じゃあ、302号室の島崎さん。あの、七三分けの」

女性が丸子の方を見た。ビンゴ。島崎の知り合いか。

「失礼ですが、島崎さんとはどういうご関係で」

女性は、丸子の方をじっと見つめている。「あ。いや、いつも荷物を持って行くんですが、不在が多くて。在宅している時間帯がわかれば嬉《うれ》しいなあ、なんて、思っただけで」

怪しまれたと思ったので咄嗟《とっさ》に嘘をつく。女性はまだ、丸子のことを見つめていた。

「再配達って大変なんですよ。単純に倍の手間ですから。あ、203号室の流川さんってわかります？　もういつ行ってもいなくて、この前も電話で再配達の約束取り付けたんですけど、時間を書いたメモ無くしちゃって、結局会えなくて。置き配やればって話なんですけど、うち、置き配やってなくて。不在票はポストに入れたんですけど、そのポストがまた手紙やらチラシでいっぱいで。あの様子だと、確実に不在票、見てないですね。まだその荷物、トラックに積んだままですけど」

女性の口角が上がった。ように見えた。少なくとも、彼女の他人を寄せ付けない雰囲気は、取り除かれたように思えた。

女性をまじまじと見る。よく見ると、歳は丸子と同じくらい。光の加減か、少し顔色が悪く見えた。

「大丈夫ですか？」

「え？」

女性が驚いたような表情を見せた。

「顔色、あまり良くないなあって」

丸子が続けると、

「もともと貧血気味なんです。私」

と女性が返した。「あなたの方こそ、大丈夫？」

今度は女性の方が丸子に尋ねた。

「え？」

「顔色」

女性が丸子を指差す。

「恋人に死なれたのかってくらい、真っ青よ」

丸子は自身の頬に手を寄せる。

「あ、ごめんなさい。冗談のつもりだったんだけど」

女性は自身の発言を反省したのか、申し訳なさそうな表情を浮かべる。

「いや、恋人はいないですし、まだ、そうと決まったわけじゃ」

そうだ。まだ、何もわかっていない。

「じゃあ、あなたにできることをやればいいんじゃない」

女性は淡々と言った。

「僕に、できること、ですか」

丸子の言葉に、女性は頷いた。

「人間、結局、できることしかできないんだから」

「深いですね」

「そう？　当たり前じゃない？」

女性の視線が、またマンションに移った。丸子の視線も自然と、マンションに向かった。

◇12

丸子は自宅に戻ると、パソコンでクレマチス多摩について詳しく調べた。『クレマチス多摩　事故物件』『クレマチス多摩　行方不明』『クレマチス多摩　殺人』など、思いつく限りのワードで検索し、ヒットしたサイトや掲示板をくまなく見る。

『丘の上にあるクレマチス多摩、あそこ、人が消えるマンションって有名だよ』『元住人だけど、マンションのいたるところで幽霊が出てくる』『元々ここ、病院の跡地で、その前が墓地なんだって』『悪霊に取り憑《つ》かれたりもするらしい。情報求む』などなど、真偽不明な情報が次々と現れた。

丸子は書き終わった便箋《びんせん》を折りたたみ、封筒に入れる。点けていたテレビを見ると、ニュースキャスターが神妙な面持ちで何かを話していた。ふと気になったので音量を上げる。

「一週間後に迫った、衆議院選挙。その投票日を前に、各党幹部による応援演説が活発化しています。そんな中警視庁は今日、選挙期間中の警護体制を強化するよう指示しました。品川《しながわ》駅前では総理の応援演説を前に、警護体制の確認作業が進められています。こちらの選挙演説会場では通常より警護体制が強化され、警察官立ち合いのもと、手荷物検査やペットボトルの回収――」

画面には、駅前で警察官が通行人に職務質問している風景が映し出されていた。画面に映った警察官を見ていると、今日、先ほどまで話をしていた交番の警官を思い出す。

「今回も警察の出る幕ではないかな」

今回も、とあの警官は言った。

おそらく、過去にも似たような通報があったのだろう。その度に、人が消えるマンションだ、事故物件だと片付けられてきたのだ。

スマホで『スパイ転生』のページを開く。数分前に見たのと変わらず、更新はない。

〈コミヤさんの小説を読むのが生きがいです〉

書かれたコメントの一つに目が留まる。丸子が投稿したコメントだ。そう、この小説は、コミヤチヒロは、丸子の生きる意味なのだ。

選挙の応援演説中に、元首相が銃撃された事件がある。銃は自作で、組織的な犯行ではなく個人的な恨みが増長した結果のテロだった。いつの間にか丸子が住む世界は、そんな危険を内包するようになっていた。犯人の映像を見たことがある。どこにでもいる普通の人だった。人は見かけによらない。道ですれ違っても、彼がテロリストだと言い当てることができる人は皆無だろう。何かを守るには、自分自身を信じるしかない。

このままでいいのか。

自問する。

仕方がない。と、あきらめるわけにはいかなかった。だが一介の配達員にすぎない丸子に、一体何ができるのだろうか。

あなたにできることをやればいいんじゃない。

クレマチス多摩で出会った女性の声が、脳裏に蘇《よみがえ》る。

◇

13

翌日、丸子はクレマチス多摩を最初に回る配送ルートを組んだ。荷物は巻坂と長谷部の分が二つ。

２０１号室を通り過ぎ、２０５号室に向かう。インターフォンを鳴らす。小宮宛《あて》の荷物はない。だが、彼女が出てくればなんとでも言い訳できる。これまでの心配が杞《き》憂《ゆう》に終わるのなら、それが一番いい。だが、何度インターフォンを鳴らしても、返答はなかった。想定はしていたので気を取り直し、２０１号室のインターフォンを鳴らす。

すぐにドアが開き、巻坂が現れた。

「お届け物です。あと、こちら弊社からのご案内も入ってますんで」

丸子は荷物の上に封筒を重ねたまま、巻坂に手渡した。

「あ、どうも」

巻坂は丸子からペンを受け取り、伝票にサインを書き始める。

「あの、２０５号室の小宮さんってご存知ですか？　最近、家にいらっしゃらなくて」

「ああ。まあ、存在は」

「彼女、最近見ましたか？」

「まあ、はい」

集められる情報は集めておこう。それくらいの気持ちで尋ねた。期待していなかっただけに驚いた。動揺を悟られないよう、丸子は息を呑《の》む。

「いつですか？」

「いつ……。一昨日《おととい》の夜、ぐらいですかね」

「一昨日」

今日が三月十六日だから、十四日の夜か？　「どこで」

「そこで」

巻坂は顎《あご》でくいと、丸子の後ろの廊下を指した。２０５号室へと向かう廊下の突き当たりだ。

「どんな様子でしたか」

「どんな様子って……。酔ってたのか、男の人に介抱されてましたよ」

「その男って、どんな男でしたか？」

「どんなって」

巻坂はどう形容すべきか悩んでいる様子だった。

「髪型は七三分けでしたか？　三十代くらいで」

丸子は巻坂がイメージしやすいよう、助け舟を出す。

「ああ、はい。そうだった。かもしれないですね」

間違いない。島崎だ。一昨日の夜、島崎が小宮を――。

やはり、丸子の推測は間違っていなかった。

３０１号室の長谷部にも荷物と封筒を届けに行き、巻坂と同じく小宮について尋ねた。

「小宮さん？　二階でしょ？　階が違うとなかなか会わないから」

さすがこのマンション一の情報通。すでに小宮のことは認識済みだった。

「隣の島崎さん、ご存知ですよね。彼が酔った小宮さんを介抱してたって話を聞いたんですが」

「ああ、隣の人？」

つい先日まで男前だと褒めていたのに、島崎の名前を出した途端、長谷部の表情が暗くなった。

「何かあったんですか？」

「いや、うーん」

長谷部は黒斑猫《くろぶち》のミーちゃんを抱えたまましばらく考え込んだあと、「それが、私、怖くなっちゃって」と眉《まゆ》をひそめた。

「どういう事ですか？」

「隣の人、いい男なんだけど、煙草を吸うのよ」

「煙草」

「いつもベランダで吸ってるんだけど、そこからうちに煙が来ちゃってね。ミーちゃんが最近元気ないのって、それが原因かなって。それで、ベランダから注意しようと思ったんだけど」

猫はぐったりとしたまま、目を閉じ眠っているようだ。「怖くて言えなかったのよ」

「何でですか？」

長谷部の顔が少し引き攣《つ》った。

「真っ赤だったの」

「え」

「ベランダ越しに隣を覗《のぞ》き込んだら、隣の人が煙草を吸ってたの。その服がね、もう、真っ赤なの、真っ赤」

丸子は絶句する。真っ赤に染まった服を着たまま煙草を吸う島崎を想像する。

長谷部に抱えられた猫が、目を開けた。

「あれはね、血痕《けっこん》よ」

「血痕」

丸子は思わず唾《つば》を飲み込む。「それって……いつですか?」

「んーと、一昨日だったかしら」

猫がニャーと鳴いた。

「一昨日」

何かを成し遂げ、その苦労を自ら労うかのように、ベランダで一服する。その服は、血で真っ赤に染まっている。丸子が想像したのは、死体を処理をした殺人鬼の、束の間の休息だった。

猫がさらに大きな声で鳴く。何かを見て威嚇しているようだった。

その猫の視線を辿《たど》る。302号室のドアは少し開いていて、その隙間から島崎がこちらの様子を窺《うかが》っていた。島崎は息を殺し、野生の肉食獣が獲物を狙うような冷徹な瞳《ひとみ》で、じっとこちらを見つめていた。

丸子は腰が抜けるほど驚いた。長谷部も身を引き、目を見開く。

島崎は何も言わず、ただ静かに、ゆっくりとドアを閉めた。

◇ 14

「こわ。何それ、ヤバくね？」

丸子の話を聞き終えた荒川の第一声だ。素人《しろうと》とはいえ、小説を書く者としての語彙《ごい》力を疑う。だがその目からは、昨日までのおちゃらけた雰囲気は無くなっていた。

「何ですか急に。昨日はふざけてたじゃないですか」

茶化されるものだとばかり思っていたので、調子が狂う。正直なところ、荒川の明るいテンションに救われている部分があった。この一連の事件は丸子一人では抱えきれない。荒川の適当な応対に腹が立ちはするものの、不安な気持ちを紛らわすことができていた。

「だってさ。お前、その島崎って男に完全に目をつけられてる感じじゃん」

荒川は丸子が最も指摘されたくない部分を、的確に突いた。

「真面目な話さ、もう手を引いた方が良くない？　なんか嫌な感じがするわ」

荒川が真剣な表情で言った。歳は一回りほど離れている。本人には絶対に言わないが、どこかで歳の離れた兄のように慕っている。その荒川が、もう手を引いた方がいいと丸子に告げる。嬉《うれ》しくもあるが、ここで引くわけにはいかない。なぜなら、丸子の生き甲斐《がい》である『スパイ転生』の作者、小宮千尋の安否に関わっているからだ。

八谷運輸の屋上で、荒川は紙コップでコーヒーを飲んでいた。外はもうすでに暗く、時折、遠くの方から車のクラクションが鳴る音が聞こえる。冷たい風が吹いた。

「コミヤさんは、殺されちゃったんでしょうか？」

「え？」

「一昨日の夜に、巻坂さんは島崎に担がれる小宮さんを見て、同じ日に沼田さんは血を流した女の人を、長谷部さんは血まみれの島崎を、それぞれ目撃してる。ってことは……」

昨日今日で仕入れた事実を並べてみる。口にすればそれは、小宮千尋がすでに島崎の毒牙《どくが》にかかっていることを示していた。

「まあ、状況的には怪しいけど、それでコミヤチヒロが殺されたって決まったわけじゃないだろ」

「だと、いいんですけど」

希望的観測に過ぎない。ほぼ黒なのに、証拠が少ないから白の可能性もある、と言っているようなものだ。

「こうなったら、もう一回３０２号室に行ってみようかな」

丸子は思いつきを口にする。もう、それしか道はないようにも思えた。

「え、なんで」

「島崎の家の中を見られれば、何か手掛かりが見つかるかもしれないじゃないですか」

「いやいや、危ないから。もう一回警察に相談した方が良くないか」

「もう行きましたよ。でも、ダメでした」

そう、すでに再び中沢一丁目の交番に駆け込んでいた。同じ警官だったので「またあなたですか」と呆《あき》れ顔で応対された。丸子の発言をメモに取るものの、明らかにやる気のないそぶりだった。

「だったらもう、諦《あきら》めるしかないだろ」

「諦めるなんてできる訳ないじゃないですか」

丸子の言葉に、荒川がたじろいだ。「コミヤさんがいなくなったら、僕は何を楽しみに生きていけばいいんですか」

すでに彼女の作品は、彼女は、丸子にとってかけがえのない存在になっていた。ようやく見つけた生きがい、生きる意味。それが失われるであろう時に手をこまねいていられるほど、丸子は冷めていなかった。自分の周りに迫る危機は、自分で何とかするしかない。

「でも、もしお前になんかあったらどうすんだよ」

荒川の言葉に、丸子は涙が出そうになる。こんな僕でも心配してくれる人がいる。その事実だけで丸子は、幸せな気持ちになった。

遠くを走る車の音が聞こえた。

「……転生、とかしないですかね」

照れ隠しに、思いついた言葉を口にする。

「は？」

「それこそ、スパイ転生の主人公とかに」

言いながら、そんな人生もありかもなと思い始める。

「ふざけてる場合かよ」

「世の中には、信じ難いことってあるんじゃないですか」

先日、荒川が言った言葉を借りた。それはそうだけど、と荒川は二の句を継げずにいる。

「とにかく、島崎の部屋に行くのは反対だよ。なんかあった時に、お前弱そうだし」

それに関しては、丸子はぐうの音も出なかった。格闘技でも習っておけばよかったと、今さら後悔しても遅い。

島崎が実際に小宮千尋に危害を加えていた場合、丸腰で302号室に行くのはまさに無謀だ。なんらかの武器を所持していくか？　だがどんな武器でも、扱えなければ無意味だ。奪われたら余計不利になる。

「外から覗けたりしないの？　島崎の部屋」

八方塞《はっぽうふさ》がりの重い空気の中、荒川が言った。

「やってみたんですけど、下からだとなかなか」

302号室のベランダ側は眺望がいい。それは、周囲に何の建物もないことを意味する。覗《のぞ》くには下からしかないのだが、角度的にほぼ何も見えなかった。

うーん。と荒川は宙を仰ぐ。

お手上げだ。

何かいい知恵はないものだろうか。こんな状況を、猫の手も借りたいというのだろうか。いや、猫の手は違うか。

「あ」

ニャー、という鳴き声が聞こえた気がした。

「どうした？」

猫を抱く長谷部が脳裏に浮かんだ。

「301号室。長谷部さんが、ベランダから覗いたって」

◇15

翌日、配達の荷物はなかったが、クレマチス多摩を朝一で訪れた。こんな行為がバレたら所長の八谷に大目玉を喰らうだろうが、今はそんなことを気にしている場合ではない。

早速、301号室の長谷部を訪れた。

インターフォンを鳴らす。いつもならドア越しに「はい、はーい」と軽快な声が聞こえてくるのだが、今日はない。留守のようだ。丸子の予測では、今日はスーパーの仕事は午後からで、午前中は在宅のはずだった。301号室のベランダから302号室の島崎の部屋を覗き、対策を立てる。昨日から考えていたプランが、早くも音を立てて崩れた。

302号室のドアを見つめる。昨日、その隙間からこちらを見つめていた、島崎の姿が頭をよぎった。何かに取り憑《つ》かれたような蒼白《そうはく》な面、冷徹な瞳《ひとみ》でじっとこちらを見つめていた。今思い出しても、身震いがする。だが、怖がってはいけない。

こうなったらもう、正面突破だ。

３０２号室の前に立つ。大きく深呼吸をする。

震える手で、インターフォンを鳴らした。

静寂。

誰も出てこない。

もう一度インターフォンを鳴らす。しかし、誰も出てくる様子はない。

「神隠し」

荒川の言葉が脳内で再生される。

――世の中には、信じ難いことがあるんだよ。

「そんなバカなこと――」

階段を降り２０１号室のインターフォンを鳴らした。だが、誰も出てこない。

空室を飛ばし２０３号室のインターフォンを鳴らした。だが、誰も出てこない。

額に汗が伝う。２０５号室のインターフォンを鳴らした。だが、誰も出てこない。

動悸《どうき》が激しくなり、呼吸もままならなくなる。丸子は寒気を覚え、急いでマンションから外に出る。振り返り見上げたマンションは、異様な静けさの中、ただそこに在った。

「人が消える、マンション」

丸子の口から、自然と言葉が漏れた。ふと、島崎もひょっとしたら被害者なのではないか、という考えが頭をよぎった。小宮も島崎に襲われたのではなく、このマンションの犠牲になったのだ。

クレマチス多摩の外壁はもともとは白く、それが徐々にピンク色に染まっていった、というネットの書き込みもあった。想像してぞっとする。そのうちにこのマンションの外壁は、人間の血液のように真っ赤に染め上がるのかもしれない。

事故物件、怪奇現象が頻発するマンション。被害者は小宮だけでなく、長谷部、巻坂……それに島崎をも巻き込んだ。この人が消えるマンションは、数々の怨念《おんねん》をその建物の中に取り込み、そして住人をも次々と取り込んできたのだ。

そんな妄想が頭の中に浮かんだが、それを否定する材料を、丸子は持ち合わせていなかった。

トラックに戻り、荒川に電話をかけた。

「やっぱり、神隠しか」

丸子が一通りの出来事を話し終えると、荒川が言った。丸子が無言のままでいると、

「何だよ、否定しないのかよ」と気を遣ってくる。

「いや、もう何が何だか。島崎までいなくなってるんで」

人が消えるマンションで神隠し。荒唐無稽《こうとうむけい》だが、一連の出来事から導き出された結果としては、今のところ一番しっくりくるものではあった。

「とりあえず、もうその辺にしとけ。これ以上、首は突っ込むな」

荒川が丸子を気にかけていることは、その言葉から十分伝わった。そうします、と口にしかけたその時、車窓越しに人影が見えた。丸子は思わず身を隠す。その姿に、言いかけた言葉を吞《の》み込んだ。

「丸子？」

「すみません荒川さん。あとで、かけ直します」

「おい」

通話を切り、丸子はその後ろ姿をじっくりと追う。島崎だ。島崎がマンションに入っていく。こちらに気づいている様子はない。

丸子は意を決して、トラックから降りる。

島崎に悟られないよう、物陰から彼の様子を窺《うかが》う。島崎は階段を登り、三階ではなく二階の廊下の方へ向かった。

どこに行くんだ？　丸子は忍足で島崎の後を追う。

悪い予想は当たる。島崎は２０５号室に入って行った。階を間違えたかと思ったが、表札には205と書かれている。

205号室のドアの前に立つ。耳を当て、中の様子を窺う。だが、物音一つしない。ドアノブに手をかける。音もなくドアが開いた。

部屋の中は暗く、中の様子が全くわからない。丸子は意を決し、恐る恐る中に入る。

205号室は、しんと静まり帰っていた。ゆっくりと歩みを進める。

一瞬、所長の八谷の顔が浮かんだ。配達先のマンションで、配達員が不法侵入。警察沙汰《ざた》、新聞にも取り上げられるかもしれない。バレたら、確実にクビだ。

短い廊下を抜け、リビングに到達する。電気はついておらず、昼間だというのに薄暗い。カーテンが閉められていた。その隙間から漏れる光で微《かす》かに見える部屋は八畳ほどの広さで、壁際には背の高い収納棚が並び、机の上にはノートパソコンにプリンター、ファイルが並べられている。部屋の中央にはカーペットが敷かれ、丸いテーブルが置かれていた。

人の気配はない。さらに奥に続く扉が目に入る。おそらくは寝室だ。

扉に手をかけようとしたところで背後に気配を感じ、振り返る。男がいた。薄暗くて顔ははっきりと見えないが間違いない。島崎だ。微かに笑っているようでもある。

丸子は身構える。

「な、なんで、あなたが、この部屋にいるんですか？」

丸子の声は震えていた。島崎は答えない。

「小宮さんはどこですか？」

島崎は答えない。

本当にそこにいるのか。目の前にいるはずの島崎は、その存在がひどく曖昧《あいまい》に思えた。こちらの声が相手に届いているのか、そんな不安も重なる。

「小宮さんをどうした！」

必然、大声を張り上げた。

すると、しずかに奥の扉が開く音が聞こえた。振り返ると、扉の奥から小宮が現れた。小宮はじっと、丸子の顔を見上げていた。

◆16

ローテーブルを前に、丸子はあぐらをかいていた。

部屋の中が明るい。いつの間にかカーテンが開けられていた。先ほどとはまるっきり違う印象のリビングだ。テーブルの向かいには、小宮と島崎が並んで座っている。

「あの、これはどういう……」

丸子は状況が理解できない。

「すみませんね、突然お邪魔しちゃって」

丸子の左隣には荒川が座っていた。

「荒川さん。何でいるんですか？」

何があった？

２０５号室に島崎が入っていくのを見かけ、丸子も続いて２０５号室に入った。薄暗い部屋の中、島崎がいて、奥の扉からは小宮が現れて――。

「あ。小説、読みましたよ。なかなか面白かったです」

荒川は丸子の問いには答えず、目の前に座る小宮に向かい、上から目線で言った。

「偉そうにしないでください」

丸子は、小宮に対する荒川の態度が気に入らなかった。明らかに、小説家として自分の方が上にいると言わんばかりの物言いだったからだ。

いや、そんなことはどうでもいい。一体何が、どうなって――。

だが、荒川が来てくれたことは救いだ。

「実を言うと、丸子から奇妙な話を聞きまして。ここの住人の方が、行方不明になってるとか」

荒川の表情が変わった。その言葉に、小宮と島崎は背筋を伸ばす。

「それでもしかしたら、うちの丸子も変なことに巻き込まれてるんじゃないかって気になりましてね。いてもたってもいられなくなって、来てしまいました」

「はあ」

小宮が頷《うなず》いた。

なるほど、そういうことか。先ほどトラックから電話してそのままだったので、荒川も気になって来てくれたのだ。丸子はほっとしている自分に気がついた。荒川の存在は、何よりも心強い。

「一体、何があったんですか？」

荒川が話の舵《かじ》を取る。

「それは……」

小宮は返答に窮する。島崎が小宮に目配せをした。丸子はその機微に気がついた。島崎が小宮に、口裏を合わせるよう指示を出した。丸子の目にはそう映った。荒川も丸子と同じく、気づいているだろう。だが荒川はただ、静かにその返答を待っていた。

小宮は目をきょろきょろと動かしながらも突然、意を決した様子で話し出した。

「あの、すみません。これから、真実を話します」

小宮の真剣な眼差《まなざ》しに、丸子は思わず姿勢を正す。「ちょっと、信じ難いことを言うかもしれないんですが」

「はい」

荒川が前のめりになる。

「実は私、本名を、須藤《すどう》と言います」

小宮が言った。

「須藤？」

丸子は彼女の一言一句を聞き逃すまいと集中する。

「ほう」

荒川も同じく、彼女の話に相槌《あいづち》を打つ。

「彼は、別府《べっぷ》と言います」

小宮が島崎をちらりと見て言った。

「別府？」

丸子は復唱する。

「ほう」

荒川が繰り返す。

「私たち、警視庁公安課の刑事なんです」

小宮が続けた。

ほう、とまた、荒川の気の抜けた声が聞こえた。

第三章　須藤と別府、寺田に梅沢、最後は相馬

◆ 1

三週間ほど前――。

警視庁公安課の長い殺風景な廊下を、小宮千尋――改め須藤さくらが、靴音を鳴らしながら歩いていた。

「失礼します」

須藤はノックのあと敬礼をして、呼び出された会議室に入る。優に百人は入る大型の会議室で、須藤を呼び出した張本人である上司の寺田《てらだ》雅子《まさこ》は、部屋のなかほどで立ったまま窓から外を眺めていた。

「お待たせしました。寺田警視」

寺田はその捜査能力の高さと最後まで諦《あきら》めない忍耐力を買われ、若くして公安課のリーダーを務める敏腕だ。寺田は机の上に置かれていたファイルを手に取ると、それを須藤に差し出す。

「今度の選挙を狙った、テロリストのメンバーの潜伏先が判明したわ。サイバー班がそこまでは突き止めた」

須藤はファイルに目を通す。捜査進捗《しんちょく》状況報告書と記されたその資料には、次期衆議員選挙を狙った国内テロリストメンバーの潜伏先について、事細かに記されていた。

元首相の銃撃事件を機に、国内テロへの意識が国民を含め警視庁の中でも格段に上がった。たった一人のテロリストが起こした行為が、日常を大きく変えてしまう。批判や意見や主張が誰かの屍《しかばね》の上に成り立つテロ行為は、断じて許すべきではない。それを止めるためなら、須藤は自らの生死も厭《いと》わない覚悟だった。おそらく寺田も、須藤と同じ気持ちだろう。

「でもそのマンションに入ってから、テロリスト達の詳細が途絶えたの。彼らは一切の連絡をネットや電話回線を経由せずに行っているみたい。おそらく、私たちの動きを警戒してるんだと思う。その事実からも、ここの住人の誰かがホシである可能性は極めて高い。それが誰なのか」

窓を見ながら話していた寺田が振り返り、須藤と向き合う。「あなたにこのマンションに潜入して、調べてもらいたい」

ファイルにはテロリストの潜伏先——多摩市にあるクレマチス多摩というマンションの外観と、テロリストメンバーの疑いのある男女三人の写真が添えられていた。

「ネットや電話を介さずに、標的はどのように外部とやりとりをしているのでしょうか」

「おそらく、何らかの方法で、直接やっているはず」

「直接、ですか」

その連絡方法を調査し、テロリスト達の本部を突き止め、一網打尽にする。それが今回のミッションだ。このような重大ミッションの場合、単独行動ということはまずない。一人では生じてしまう隙をカバーし、負担を分散できる二人一組が定石だ。

須藤の思考を読んだのか、寺田は机の上に置かれたもう一つの資料を手渡した。

「これが今回、あなたとタッグを組むパートナーの情報よ」

警察の制服を着た男の顔写真が貼られた、人事記録だ。

「別府、譲治《じょうじ》」

歳は三十五、須藤より十歳上で、経歴や階級も上だった。

「彼は少し前までＭＩ６に出入りしていた敏腕工作員よ。あなた達なら良いコンビになるはず。この寺田雅子、人選に間違いないわ。二人で協力して、必ずテロを阻止して」

ＭＩ６——イギリスの秘密情報部だ。相当な手練れだろう。それは、このミッションの重要性を暗に示していた。この仕事を始めてから、『００７』が夢物語ではないことを知った。

「了解しました」

須藤は敬礼をして、寺田の期待に応《こた》えることを誓った。

――ストップ。

荒川が、真面目な声で須藤の話を止めた。

「ストップ。ちょっと、待ってください」

その言葉に、丸子は現実に引き戻される。

「はい？」

公安課でテロリストメンバーの潜入捜査を依頼された話を流暢《りゅうちょう》にしていた小宮千尋は、首を傾げる。

「あの、なんか思ってたのと、だいぶ違う方向に話が進んでるんで」

荒川の指摘はもっともだった。確かに、と丸子も賛同する。

「え、じゃあ、あなたはコミヤチヒロじゃないって事ですか？」

荒川は頭を抱えながら尋ねる。小宮千尋――改め須藤さくらは、伏目がちに「すみません」と頭を下げた。

「えぇ……」

丸子は絶句する。

小宮千尋がコミヤチヒロではない。いや、小宮ですらなかった。

「これは、喩《たと》えるならあれですね。寿司屋に来たのに、ガパオライスを出された気分ですね」

荒川の発言に「まだ続いてたんですね、寿司屋の喩えシリーズ」と丸子は返す。

「突拍子もない話で、すみません」

再び須藤が頭を下げる。

「ちょっとすみません。十秒ほど頂いていいですか？　気持ちが、追いついていかなくて」

荒川の発言に、丸子も同意する。

「それは、確かに」

思考が追いつかない。

生き甲斐《がい》だった作品の作者が、丸子の配送地域に住んでいた。確かにそれは、今思えば出来すぎたドラマだった。それはそれでショックなのだが、それよりも、未《いま》だ多くの謎が残っていることが気がかりだった。

人が消えるマンションとはなんだったのか。住人たちはどこに消えた？　酔った小宮を介抱していた島崎は？　幽霊は何だったのか。血だらけの女は？　島崎は血まみれのシャツを着ていたのではなかったのか？

「そうですよね、すみません」

須藤が申し訳なさそうな表情で言った。荒川は深呼吸する。沈黙が部屋の中に充満する。

「お待たせしました。続き、聞きましょうか」

落ち着きを取り戻した荒川が、小宮を促す。

「それから私は、別府との待ち合わせ場所に向かいました」

◆ 2

待ち合わせに指定された店は、窓が多い割に室内が暗い、古びてはいるが手入れの行き届いたカフェだった。店内は広いが、客は須藤しかいない。

約束の時間のきっちり三十秒前に、店内に一人の男が入ってきた。髪はオールバックにがっちりと固められ、見るからに高そうなスーツを身に纏《まと》っていた。寺田からもらった資料で、人相は把握している。彼が別府譲治だ。

「須藤さん？」

声をかけてきたのは別府からだった。須藤が別府を把握しているのと同じく、彼も彼女を把握していた。須藤は立ち上がる。

「はじめまして。別府です。ジョージ、別府です」

別府は自身の名を発音よく告げる。まるでジェームズ・ボンドみたいな言い回しだな、と須藤は思った。

「須藤、さくらです」

「よろしく」

別府は笑顔で右手を差し出す。須藤はそれに応え、握手を交わす。

「Mからだいたいの話は聞いています」

別府は須藤の向かいに座り、ゆっくりと足を組んだ。

「エム？」

聞き覚えのない名称に、須藤は戸惑いを隠せない。別府は鼻で笑い「マサコ、寺田」と返す。

＊

「ストップストップ」

荒川が両手を前に出し、再度小宮——須藤の話を遮った。「待ってください。彼のキャラも、丸子に聞いていたのとだいぶ違いますけど」

荒川は島崎――別府と須藤を交互に見る。

「それは、確かに」

丸子も同意する。別府は口を閉じたまま、何も喋《しゃべ》らない。話はすべて須藤に任せているようだ。

「ガパオライスにパセリが載ってると思ったら、パクチーだったと言いますか」

荒川が、真面目な顔で須藤と別府に語りかける。本当に食べ物に喩えるのが好きな人だな、この人は。そもそもその喩えは合っているのか？　頭に浮かんだ、そんなどうでもいい感想をよそに、丸子はその言葉の意味を考える。

「クセが強い。ってことですか？」

「味が変わりすぎていると言いますか」

荒川が言った。確かに、想像していたのとは全くテイストが異なる話だ。サスペンスだと思っていたら、コメディに近い。面食らいすぎて、話についていくのがやっとだ。

「すみません。彼、変わってて。イギリス帰りで、ジェームズ・ボンドが好きみたいで」

須藤は別府を一瞥《いちべつ》する。

「まあ確かに、上司をMと呼ぶのはジェームズくらいですけどね」

荒川が呑《の》み込んだ。別府はすまし顔で笑う。

「荒川さん、ジェームズ・ボンドのこと、ジェームズって呼ぶんですね」

荒川が『007』を知っているのは驚きだった。丸子も好きだったからだ。

「あの、もう味は変わらないですか？　パクチー脳でいれば大丈夫ですか？」

荒川が左手の人差し指で頭を指しながら、須藤に念を押した。なんだ、パクチー脳って。

「え、あ、と、思います」

須藤は動揺しながらも頷《うなず》いた。

「コップンカー。続けてください」

荒川がまた両手を広げ、話の続きを促した。

＊

ひと気のないカフェで、須藤と別府はこれからのミッションについて作戦を立てるべく、お互いが持っている情報を共有することにした。

「君は『ラノベ作家を夢見るフリーター』の設定か」

「はい」

「ふうん。実在の人物を参考にしてるんだな」

交換した資料には、小宮千尋に関するデータが詳細に記されていた。設定にリアリティを持たせるため、実在する人物をベースにしているという。生年月日、家族構成、職業、血液型や利き腕、健康状態まで、事細かに記されていた。須藤はその設定を一からノートに手書きし、何度も声に出し、その一言一句に至るまでを、すべて頭の中に入れていた。

「別府さんは『売れないお笑い芸人』の設定ですか」

別府から手渡された資料には須藤と同様、細かな人物設定が記されていた。

別府譲治はお笑い芸人で、『おむすび太郎《たろう》』というコンビを組んでいたが方向性の違いで解散、ピン芸人になり『KEN5（ケンゴ）』と改名する——など、こちらも設定が細かい。

「それだけど、やめようと思ってるんだよね」

「え？」

「売れない芸人とか、イケテナイからさ。俺の美学に反するし」

「いいんですか？　そんな勝手に変えて」

上からの命令は絶対のはずだ。たとえ白でも上が言えば黒になる。いや、黒にするのが私たちの仕事のはずだ。個人の事情、それも単なる好き嫌いで変えていいはずはない。

「いいのいいの。だって、ノレないと演じられないからさ、別府は」

「でも、潜入捜査ですから、ずっと家にいてもおかしくない職業じゃないと」

「うん。だからぴったりなのを考えてある」

別府が自信満々に言う。

「なんですか？」

「Personal trainer」

別府は流暢《りゅうちょう》な英語でそう言った。

「え？」

パーソナルトレーナー？　マンツーマンでトレーニング指導をする、あの？

「自宅からリモートトレッスンやってる系の」

別府は付け加える。

「何で？」

「Personal trainer」

別府はまた流暢な英語を発音しながら、右手を広げた。ついで左手を広げ「Single woman」と発したあと、両手をパンッと合わせ、「One chance」と、小さな声で締めた。別府は満足げに微笑んでいる。

「……は？」

須藤は意味がわからない。

「いずれ、わかる」

別府はドヤ顔で口角を上げる。

「はあ」

こうして、須藤と別府の潜入捜査が始まった。

◆ 3

日をずらし、須藤はクレマチス多摩の205号室に、別府は302号室に引っ越してきた。

須藤は各住人の行動パターンを調べるため、昼夜物陰から彼らを観察、詳細なメモを取った。例えば201号室の巻坂健太の出勤時間は毎朝七時五十五分、帰宅時間は大体十九時から二十一時の間。いつも一人で帰宅しており、親しい友人や恋人はいない模様。ゴミの分別には無頓着《むとんちゃく》な性格なのか、可燃ゴミと不燃ゴミを同じ袋で一緒に出す傾向にある。などだ。

別府は各部屋のモニタリングを担当した。各部屋の合鍵《あいかぎ》を作り、住人が留守の隙を狙って盗聴器をセットして回った。もちろんその際、各部屋の住人がテロリストじゃないかの物的証拠探しも並行して行った。だが、それらしいものは何一つ出てこなかった。そもそも、そんなに簡単に尻尾《しっぽ》を出すターゲットであれば、我々公安が潜入捜査まですることはない。別府は毎日、盗聴器から聞こえてくる住人の声を自室の機材でモニタリングし続けた。

だが、一週間経っても、怪しい動きは何一つ見当たらなかった。

「被疑者は特定できた？」

須藤は一日に一度、定時に寺田への定期報告を義務付けられていた。その日は定時から五秒過ぎたところで、寺田の方から着信が入った。

「申し訳ありません。まだ手がかりが摑《つか》めず」

「こちらは進展があったわ」

寺田の言葉に、須藤は電話を握り直す。「サイバー班がテロリスト達のやりとりの解析に成功したの。今回のテロの手法はおそらく、爆破」

テロリストという時点で警戒はしていたが、想像していたよりも大規模なもののようだ。

「実行犯がそのマンションに潜伏していて、爆発物を何らかの形で受け取る、もしくはその逆もあり得るわ。外部とのコンタクトも監視対象にして」

寺田の声色が、いつにも増して真剣味を帯びていた。

「了解しました」

「それから、最新武器も追加で発送したわ」

「最新武器、ですか」

「被疑者確保のために役立ててちょうだい」

最新武器を補充しなければならないほど、危険なミッションだということか。須藤は改めて身を引き締める。

「了解しました」

通話を終えると同時に、インターフォンが鳴った。

須藤がドアを開けると、配達員が荷物を持っていた。鳥を模したロゴの帽子を被った、若い男性だ。須藤と同い年くらいだろう。彼は須藤の顔を見ると驚きを見せ、その後、ボーッとした様子で須藤の顔を見つめ続けた。

「……あの」

「あ」

須藤の声に我に返ったのか、配達員は慌てて「荷物を届けに来ました。サインをお願いします」と、伝票を差し出した。

「ありがとうございます」

送り主を見るに、先程寺田が話していた最新武器だろう。受け取りのサインをしている間、配達員が須藤の家の中をちらちらと窺《うかが》っているのがわかった。

＊

「家の中をジロジロ見られたり、なんかこの人、怪しいなって思ったんです」

須藤がうつむき加減に言った。「それで気づいたんです。配達員なら、怪しまれずにモノを運べるんじゃないかって」

丸子は静かに須藤の話を聞いていた。だが、いつの間にか話の矛先が自分に向いていることに気づき「え」と声を上げる。

「僕、テロリストに疑われてたんですか？」

須藤と別府が、顔を見合わせたように思えた。

「えぇ……」

想像だにしていなかった。まさか自分が、疑われていたとは。丸子は絶句するしかない。

人を呪わば穴二つ――いや、人を疑えば穴二つ。自分が疑うということは、その相手も疑う可能性がある、ということだ。

「で、その後は？」

荒川が話の続きを促した。

◆　4

定時の情報共有のため、別府は須藤の部屋を訪れていた。

須藤から怪しい配達員がいたと共有を受けるが、別府の興味は寺田が送ってきたという最新武器に向いていた。

「なるほど。ボールペン型の麻酔銃か。Mも粋なことをしてくれるね」

最新武器、と聞いて心躍らないスパイがいれば、そいつはモグリだ。最終局面、絶体絶命のピンチの場面で、あの時のあの武器が予想外の効果を発揮する。スパイ映画の鉄則だ。芸は身を助けるが、実際には思いもよらない道具で救われることの方が多い。

説明書を見ると、最新武器は麻酔針が発射される構造のボールペンのようだった。

別府は一見なんの変哲もないそのボールペンをまじまじと見つめながら、持ってきたプロテインシェーカーに口をつける。

「それ、何飲んでるんですか？」

「personal trainer の必須《ひっす》アイテム、protein だよ」

須藤が、別府のプロテインに興味を持ったようだった。確かに、いま別府が好んで飲んでいるベリー風味のプロテインは見た目が怪しげだ。ワインよりも赤黒く、見るからにグロテスクではある。だが、一度飲めばその見た目とは裏腹にプロテインとは思えないほどの飲みやすさで、クセになるほど旨い。香りもいい。この見た目と匂いに誘われ、須藤も飲んでみたくなったのだろうか。

「飲む？」

「要らないです」

須藤は食い気味に答えた。別府は残ったプロテインを一気に飲み干す。もう、欲しいと言われても無理だ。

須藤がため息を吐く。手に持ったメモ用紙を見ながら、何やら悩んでいる様子だった。

「どうしたの？」

「これ、配達員が落としていったメモなんですけど、何かの暗号ですかね」

須藤は手のひらサイズの一枚のメモ用紙を、別府の前に差し出した。メモ用紙には〈○312 ——〉と数字が横並びにボールペンで書かれていた。

「フッ。簡単だよ」

こんなものもわからないのか。別府は須藤の捜査能力の低さを嘆いた。いや、そうではない。別府が優秀なだけだ。

「え。わかったんですか？」

「03から始まる十桁《けた》。電話番号だよ」

「それは私も考えましたよ」

「え？」

「でも、そんな単純なわけないなって」

須藤が頭を抱える。

「フッ。そんなのは、調べればわかるよ」

別府は立ち上がるとポケットからスマホを取り出し、メモに書かれた番号に電話をかける。

「ちょっ、大丈夫ですか？　本部に確認してもらった方が」

須藤は焦りの表情を見せる。

それもそうだ。どこにテロリストの罠《わな》が仕組まれているのかわからない。迷ったら本部に指示を仰ぐのが基本だ。常識的にもそうだろう。だが、これはどう見ても電話番号だ。ジェームズ・ボンドがいちいち誰かに判断を仰ぐか？　否、優秀なスパイは自らの意思に従う。このジョージ・ベップも然り。こんなもの、本部に確認するまでもない。本部に連絡するのならばそれは、「テロリストの連絡先を手に入れた」という結果報告で十分だ。

「もしもし」

通話口から相手の声が聞こえた。男性の声。おそらく年配だ。

「あ、配送業者のものですが」

別府は声を一オクターブ上げた。配達員を装うためだ。「荷物をお届けにあがりたいのですが、今ご在宅でしょうか？」

「ええ、おりますが」

相手の男が答える。

「あ、わかりましたー。ありがとうございます。あの、失礼ですがお名前をお伺いしていいですか？　ちょっと、伝票のお名前の欄が消え掛かっておりまして」

「梅沢《うめざわ》です」

相手はハキハキと答える。我ながら、自然な流れで相手の名前を聞き出せた。

「梅沢さん」

別府は頷《うなず》きながら続ける。「下の名前は？」

「富美男《とみお》です」

「梅沢、富美男さん」

別府は声に出して復唱する。その言葉の並びに、違和感を覚えた。「――梅沢、富美男?」

「ええ。梅沢富美男ですよ」

「え……」

別府の脳裏に、ある芸能人の姿が浮かんだ。和服にオールバック、メガネをかけた男の姿だ。「ほんとに?」

「ほんとですよ」

確かに、テレビでよく見かける梅沢富美男の声に、聞こえなくもない。

「嘘だぁ」

テロリストが梅沢富美男? ありえない事実に、別府は思わず声を張り上げた。

「嘘だぁって、失礼な野郎だな、本当に」

受話口から怒鳴り声が聞こえた。

「そんな偶然ないでしょ」

たまたまかけた電話番号で芸能人に繋《つな》がった。それも、よりにもよって、あの梅沢富美男だ。

「何言ってんだ、この野郎。どこのお前……配送業者だ!」

怒りのボルテージが上がったのが、電話越しでも十分にわかった。これ以上追及されるとボロが出る。

「あ、ちょっと電波が。すみません」

別府は慌てて通話を切る。ふう、と一息ついた後、我に返り、須藤に向かって振り返る。

「梅沢富美男だった」

「え？　あの？」

須藤も驚いていた。別府は、自分で言っておいてなんだが、嘘臭いな。と思った。

「んなわけないよな。やっぱり、ちゃんと本部に調べてもらおう」

別府は須藤から冷ややかな視線を受けながら、ブルゾンを羽織る。配達員が落としたメモは電話番号ではなかった。だが、何かの重要なヒントのようにも思えた。

「引き続き、その配達員には警戒を怠らないように」

別府は寺田から送られてきた新兵器のボールペン型麻酔銃を片手に、部屋を後にした。


そろそろ201号室の巻坂が帰ってくる時間だ。自宅に帰りついた瞬間、ほっと一息ついた時、ついポロッと独り言で重要な発言をしてしまう可能性だってある。それが、テロに対しての重要事項だとしたら、聞き逃すわけにはいかない。

部屋を出たところで、別府は手に持ったボールペン型麻酔銃を試してみたくなった。いざという時のために、構造を把握しておく必要がある。ピンチの時にぶっつけ本番で新アイテムに頼るほど、別府は無謀ではない。先程読んだ説明書には有効範囲は三メートル、ボールペンの先を相手に向け、ノックを素早く二度押せば麻酔針が発射される、と記されていた。

試すなら早いに越したことはない。ジェームズ・ボンドが土壇場でドジを踏まないのは、事前の準備を怠らないからだ。

別府はポケットの中から煙草の箱を取り出し、外廊下の手すりの上に置いた。周囲に誰もいないのを確認し、目の高さにボールペンを構える。煙草の箱の中央に狙いを定め、そのまま親指で素早くノックを押す――。

「もう、何で忘れてく……」

麻酔針は、突然煙草の箱の前を横切った須藤の首元に命中した。須藤は糸が切れたマリオネットのように、その場に崩れ落ちる。倒れた彼女の手元から、別府のプロテインシェーカーが転げ落ちた。

「あ」

別府が置き忘れたプロテインシェーカーを持ってきてくれたのだろう。そこで運悪く、麻酔針が命中してしまったのだ。

須藤は横たわったまま、ぴくりとも動かない。

「え、あ、ちょっと」

麻酔針の効き目は抜群だった。須藤は目を閉じたまま微動だにしない。

背後から足音が聞こえてきた。見ると、廊下奥の階段に人影らしきものが伸びていた。誰かがこちらにやってくる。別府は手すりの上の煙草の箱を回収し、ボールペンと共にポケットに入れた。

階段を登ってきたのは巻坂だった。

「ちょっと、飲み過ぎだよ」

別府はわざと巻坂に聞こえるように言いながら、須藤の脇を抱え持ち上げる。205号室までは歩いて十歩にも満たないが、脱力した人間を一人抱えながら歩くのは、一苦労だった。

＊

「じゃあ、小宮さんが介抱されてるのを巻坂さんが見たっていうのは――」

丸子の言葉に、須藤は無言のままだ。別府は気まずそうにコーヒーに口をつける。

右手に持つマグカップの底の製造元の刻印が読めるほど、彼はじっくりとコーヒーを飲んだ。

あの日、巻坂が見たのは、麻酔針で気絶した須藤を別府が抱え上げたこの場面だったのだ。

「そのあとは？」

荒川が話の続きを促す。

「はい。別府さんの方にも、進展がありました」

須藤が言った。

◆ 5

パーソナルトレーナーという設定にしておいてよかったと、別府はつくづく思った。退屈であるはずの盗聴作業も、ダンベルを用いた筋力トレーニングと共に行えば捗《はかど》った。各部屋から漏れ聞こえる生活音が、むしろ別府の集中力を高めてくれる。売れない芸人という設定を考えた上層部が一体誰なのか。このミッションが終わったら突き止めて、その無能ぶりを非難してやろう。

盗聴作業も数日が経つと、ある程度の秩序が生まれてきた。各住人の部屋に仕込んだ盗聴器は、音の波形がディスプレイに表示されるよう設定されている。その画面に映る各部屋の波形をモニタリングしつつ、大きな変化があった部屋にチャンネルを合わせ、その音声を聞いていた。もちろん、あとから聞き返せるよう、各部屋の音声はすべて録音されている。何があっても対応できるよう、備えは万全だった。

その日、異変が起こったのは３０１号室・長谷部の部屋だった。ディスプレイの波形が、見たこともないほど大きく揺れ、ジジジ、という異音が聞こえた後、突然、何も聞こえなくなった。波形が表示されていた画面には「NO SIGNAL」と表示されていた。これは、盗聴器の信号が途絶えたことを意味する。

盗聴器は優に一年は保つタイプのもので、こんなに早期での電池切れはまずありえない。隠し場所も、素人《しろうと》では絶対に見つけられない自信があった。盗聴器が発見され、破壊されたのか？　ありえない。一般人には到底不可能だ。だが、画面上に「NO SIGNAL」の文字が表示されているのは事実だ。

それは、テロリストが長谷部である可能性を示していた。あんな気の好《よ》さそうな中年女性が。人は見かけによらない。

「早く須藤氏に伝えないと」

別府は急いで須藤に電話をかける。だが、繋がらない。彼女に何かあったのか？

別府は慌てて部屋を出た。素早く階段を降り、２０５号室に向かう。インターフォンを鳴らすも出てこない。この時間、彼女は部屋で待機しているはずだ。ドアノブを回すも、鍵《かぎ》がかかっている。当たり前か。だが焦る気持ちから、何度もドアノブをガチャガチャと回してしまう。

ふと人の気配を感じて振り返る。誰もいない。気のせいか。

ああ、取り乱してどうする。これでは相手の思う壺《つぼ》だ。こういう時こそ、冷静に行動するべきだ。ジェームズ・ボンドが無様に慌てふためくか？　否、優秀なスパイは常に冷静沈着かつ、ピンチをチャンスに変える力を持つ。このジョージ・ベップも然り、だ。

別府はそう自分に言い聞かせ、３０２号室に戻った。

別府が部屋に戻ってすぐ、須藤から折り返しの電話があった。

「すみません、寺田さんに定時報告してて。今から、そっちに行っていいですか？」

報告があると、彼女はすぐに３０２号室を訪ねてきた。いずれにせよ、何もなくてよかった。

「先ほどは出られずにすみませんでした」

「で、Mはなんて？」

「梅沢富美男、本物だったみたいです」

「え？」

衝撃の事実だった。やはり電話で聞いたあの声は、本物の梅沢富美男だったのだ。

と、いうことは。

「じゃあ、梅沢富美男がテロリストってこと？」

「それはないそうです」

食い気味に須藤が答えた。

「だよね」

「で、何の用だったんですか？　別府さんは」

須藤が話を変える。

「ああ、怪しい住人を発見した」

別府は椅子に座ると、パソコンを操作する。

「え？　誰ですか？」

「隣の３０１号室。盗聴器を壊された」

デスクの上のディスプレイには変わらず「NO SIGNAL」と表示されていた。須藤が息を呑《の》む。

「あの盗聴器はかなりうまく隠したから、見つけ出せる人間はなかなかいない。いるとしたらそれは、相当な手練《てだ》れだ。だから俺は、３０１号室を重点的に調査する」

「でも、盗聴器なくなっちゃったんですよね？」

「もう一度仕掛ける」

「どうやって？」

「決まってるでしょう」

須藤は別府の考えが読めないのか、首を傾げた。思考が至らない須藤が悪いわけではない。別府が優れているだけだ。ジェームズ・ボンドがボンドウーマンに失望するか？　否、彼女たちはただそこにいるだけで華だ。

別府は赤黒いプロテインが入ったプロテインシェーカーに口をつけ、立ち上がる。

　３０１号室のインターフォンを鳴らすと、すぐに「はい、はーい」と、長谷部がドアを開けた。

「どうも。最近隣に引っ越してきました、島崎です。ご挨拶《あいさつ》をと思いまして」

別府は設定資料の偽名を使い、用意していた手土産を長谷部に手渡す。

「あら。わざわざご丁寧に、ありがとうございます」

長谷部は手土産を笑顔で受け取ると、別府の足元から頭までを、じっくりと見つめる。「何かスポーツをやってらっしゃるんですか？」

「ハハハ。わかりますか？」

狙い通り、食いついてきた。別府はヘアバンドにスポーツウェアの上下という、スポーティな格好をしていた。

「実は僕、personal trainer をやってまして」

「へえ、パーソナルトレーナー」

「そうだ。よろしければ出張パーソナルトレーニング、やりましょうか？　お隣さんのよしみで」

「え」

長谷部が顔を赤らめた。「いいんですか」

「ええ。なんなら、今からでも」

「今から……ですか？」

長谷部はしばらく考え込む。だが、すでに長谷部の行動パターンは把握済みだった。今日はスーパーの仕事は休みで、ハマっている韓国ドラマを観る以外、予定はないはずだ。

「じゃあちょっと、お試しで」

長谷部は笑顔で答えた。

「お試しコース、いただきました」

別府も笑顔で返す。狙い通りだ。

リビングに入ると、黒斑《くろぶち》の猫がぐったりとした様子でクッションの上に横たわっていた。

「猫ちゃん、どうしたんですか？」

「ああ、わかります？　最近、元気がないんですよ」

別府の問いに、長谷部が心配そうに答える。

「なんか変なものでも食べちゃったのかな？　気をつけないとダメだぞ」

別府は黒斑猫に向かって声をかける。猫は視線すら合わせない。

◆ 6

翌日、別府はダンベルを片手に、ディスプレイを睨《にら》む。301号室も無事に、音の波形が表示されている。机の上には、長谷部に判子を押してもらったパーソナルトレーニングの契約書があった。

「恐るべし、personal trainer」

別府は、引き籠《こも》って良し出張しても良しの、この職業の万能性に我ながら舌を巻いた。売れない芸人では、こうはいかない。

プロテインに口をつけたところで、インターフォンが鳴った。須藤との定時共有にはまだ時間がある。インターフォンの液晶画面を覗《のぞ》くと、そこには作業着姿の男が立っていた。

「何か？」

ドアを開ける。見ると、男は手ぶらだった。

「すみません。八谷運輸ですが、集荷に参りました」

配達員はさも当然のようにそう言った。

「え、頼んでないですけど」

「あれ？　おかしいな。こちら、３０２号室の長谷部さんですよね」

配達員が、開いたドアの隙間から部屋の中を覗こうとする。だが、別府は最低限しか開けていない。須藤が言っていた、怪しい配達員というのはこの男のことか。

「いや、違います」

須藤の報告通り、見るからに怪しい。別府はすぐさまドアを引く。

ふと、配達員という職業が、テロリストにとってはいい隠れ蓑《みの》になる可能性についても考える。自由に動き荷物を運べるだけでなく、こうして探りも入れられる。梅沢富美男の時もそうだった。ジェームズ・ボンドも驚くほどの万能性だ。

「あ、じゃあ、お名前。なんて言うんですか？」

配達員が尋ねた。

「は？」

どういうことだ？　間違いだと言っているのに、なぜ、名前を訊《き》かれる？

「あ、すみません。手違いがあった場合、会社に報告しなきゃいけない事になってまして。お名前、伺ってもいいですか？」

そんな訳あるか。この配達員――テロリストは、計画の邪魔をする怪しげな人物の調査を行っているのだ。我々公安が彼らを探っているように、彼らもまた、私たち公安の存在を探っているのだ。

「すみません」

公安だと悟られてはいけない。別府は急いでドアを閉める。

「あ、待って」

配達員が閉まるドアを反対に引いた。その力は強く、ドアは全開してしまう。配達員の視界を遮るものがなくなり、別府の部屋の中は丸見えになってしまった。

一瞬だが、部屋の中を配達員に見られてしまった。机の上の盗聴器や、壁に貼ったテロリストの疑いのある人物の写真まで、見られた可能性がある。

「島崎です。もういいですか」

これ以上、探られても困る。別府は偽名を配達員に告げると、急いでドアを閉めた。

「え。これ、見られたんですか？」

定時共有の時間になり、須藤が３０２号室を訪れた。怪しげな配達員の来訪を伝えると、机の上の盗聴器を指差して言った。よほど驚いたのか、耳が痛くなるほどの大声だった。

「わざとじゃないよ」

そう。不可抗力だ。

「何やってるんですか。彼はテロリストの仲間かもしれないんですよ？　私たちの存在に気づいて、逃げられたらどうするんですか」

至極もっともなことを、須藤がさらに大きな呆《あき》れ声で言った。

ごもっとも。だが、不可抗力なんだ。ジェームズ・ボンドだっていつも完璧《かんぺき》ではない。ミスをすることもある。

「机の件も私、言いましたよね？　この配置だと玄関から丸見えだから、奥の部屋の方に置き直した方がいいって」

須藤が大声を張り上げる。

「けどそれだと、西陽がディスプレイに映り込むんだよ」

別府も自然と声が大きくなる。何度も議論していたからだ。

インターフォンが鳴った。

別府と須藤は、顔を見合わせる。夜もいい時間帯だった。

「誰?」

「念の為、隠れて」

ひょっとしたら、テロリストの仲間かもしれない。別府たちが公安だと気づき、あの配達員が刺客を放った可能性も考えられる。先制攻撃を仕掛けてきたのだ。

須藤は別府の指示に素直に従い、奥の部屋の物陰に隠れる。

インターフォンの画面を見ると、見覚えのある顔が映っていた。ロン毛に無精髭《ぶしょうひげ》を生やした男、303号室の隣人、沼田だ。

「喧嘩《けんか》かなんか知らないけどさ、うるさくて眠れないんだけど」

沼田は、ドアを開けるや否や、不機嫌な様子で別府に抗議した。

「すみません、失礼しました」

怒りを露わにした沼田だったが、その視線が別府の背後に移り、怪訝《けげん》な表情に変わる。別府は振り返る。しまった。机の上の盗聴機材を見られてしまった。

「え? なにそれ」

沼田の目からは怒りの色が抜け、代わりに、明らかに不審者を見る目つきに変わっていた。

「あ、いや、これは」

言い訳を考える。咄嗟《とっさ》に思いついたのは、上層部から渡された設定資料だった。

「ぼ、僕、芸人なんです」

「は？」

沼田の不信感が、さらに強まった気がした。だが、切れるカードはこれしかない。

「あれは、怪奇現象を調べる機械でしてね、実はここ、事故物件なんですよ」

「え？」

沼田の表情が一変する。

「テレビの企画で、実際に住んでみよう、みたいなのやってるんです」

別府は立て続けに、予め設定されていた情報を沼田に告げる。

「え、でも事故物件だなんて、聞いたことないよ」

多少はビビっている様子を見せるものの、沼田の不信感はまだ拭《ぬぐ》えていない。

「本当ですか？　しょっちゅう変な音とか鳴ってますけどねえ。ラップ現象的な」

「ラップ現象？」

ゴン、と部屋の方から壁を叩《たた》く音が聞こえた。

「ほら、ほらね」

おそらくは、奥の部屋に隠れている須藤が機転を利かせてくれたのだろう。Good job。別府は心の中で親指を立てる。

「でも、たまたまかもしれないし……」

沼田は、そう自分に言い聞かせるように、大きな声量で言った。

「まだ、信じてない？」

「だって、隣の人の音かもしれないし」

沼田は明らかに動揺していた。

「実はね、ここ……出るんですよ」

別府は畳み掛ける。

「え」

「前、このマンションに住んでた女性が、殺されましてね」

「うそ」

「本当です。その女性がね、自分が死んだって、気づかずに現れるんですよ」

別府の話に、沼田は息を呑《の》んだ。「血だらけで、僕の前に立ってたこともあります」

「え？」

「あれ、なんか、寒くなってきたな」

部屋にいる須藤に聞こえるよう別府は振り返り、大袈裟《おおげさ》に、だが不自然に見えないよう二の腕を擦る。

須藤、頼む。この状況を何とかしてくれ。ここでこの男に怪奇現象を信じ込ませないと、あとあと面倒なことになる。

「出るんですよ、こういうときに」

ふっと、部屋の灯りが消えた。メッセージは須藤に伝わった。はずだ。

「え、何？」

沼田は情けない声を張り上げ、別府の腕を摑《つか》んだ。その指はぶるぶると震えていた。

「あ。あれ――」

別府は部屋の奥を指差した。部屋の灯りは消え真っ暗だが、カーテンは引いていなかった。ガラス越しの外光を背に、長い髪の女の影がぬらりと現れた。影の女はだらんと首を垂らし、ゆっくりとした動きで正面を向いた。微かな光で見える女の服は、血だらけだった。

「え？」

沼田が情けない声を上げる。

影の女は両手を胸の高さまで上げると、掠《かす》れ声を出しながら、こちらに向かってくる。

「うわあああああああああっ」

沼田は叫びながらとてつもない早さで部屋を飛び出し、隣の部屋に逃げるように駆け込んだ。施錠の音が聞こえる。

とりあえず、危機は脱した。別府はほっとため息を吐き、ドアを閉める。絶体絶命のピンチだった。やはり、ジェームズ・ボンドに必要なのはボンドウーマンだ。

電気をつけると、髪をほどいた須藤が目の前に立っていた。

「わ、びっくりしたぁ」

服はところどころ赤く染まっている。匂いから、別府が飲んでいたプロテインを被ったのだと分かった。須藤の白い服を染めたベリー味のプロテインは、近くから見ても血痕《けっこん》にしか見えない。

次の瞬間、須藤は別府の顔を勢いよく平手打ちし、さらに腹にも膝蹴《ひざげ》りを喰らわせた。一瞬の出来事に、別府は床に手をつき悶絶《もんぜつ》するしかない。頭から冷たい液体をかけられ、プロテインシェーカーを投げつけられる。須藤はしばらくの間別府を見下ろしたあと、無言のまま部屋を出て行った。

別府は痛みが引いてから、ようやく起き上がる。お気に入りのシャツはベリー味のプロテインまみれで、まるで死体を解体したあとの殺人鬼のように赤黒く染まっていた。

「あいつ、俺にまでプロテインかけやがった」

これは洗濯が大変だなと思いながらも、危機を脱した安堵《あんど》と疲労から、赤く染まったシャツを脱ぐ気にもなれないでいた。とりあえず、別府は外の空気が吸いたくなり、ベランダに出て煙草に火をつけた。

煙が目にしみた。

◆

7

「昨日は、すみませんでした」

翌日、別府は須藤を呼び出した。開口一番謝った。

「あの服、お気に入りだったんですよ。下着にまで染み込んで、本当に大変だったんですから」

須藤は腕を組んだまま、まだ怒っている様子だった。「それに謝るなら、別府さんがこちらに出向くのが筋じゃないですか？」

「いや、そうなんだけど、ちょっとこれを聞かせたくて。君のおかげで、うまく誤魔化せた」

別府はキーボードを操作し、盗聴した音声を再生する。

〈冗談じゃない。こんな気味の悪い所、すぐ出て行ってやる〉

あの後、３０３号室を盗聴して録音した沼田の声だ。その声は震えていた。

「な」

　これでとりあえずは一安心だ。

「何でお前がドヤ顔してんだよ」

　口調がきつい。須藤の怒りはまだ継続しているようだ。

「でも、これで３０３号室の沼田さんがテロリストの可能性はかなり低くなったわけだから。被疑者が一人減って、進歩進歩」

　別府はあえて明るく分析した。須藤は口を尖《とが》らせる。

　インターフォンが鳴った。

「今度は誰？」

　須藤が慌てて振り返る。

「念の為、また隠れて」

　別府は立ち上がると、玄関に向かう。須藤はまた物陰に隠れる。別府がドアを開けると、制服姿の警察官がいた。

「はい」

「私、中沢一丁目の交番の者ですが」

　警察官が警察手帳を見せる。ぱっと見は本物だ。この近所の交番に勤める警察官だろう。

「はあ」

「実は、このマンション内で盗聴行為が行われていると通報を受けましてね」

一難去ってまた一難とはこのことだ。何でそれがバレている？

沼田が警察に駆け込んだのか？　いや、彼のことは一日中盗聴していたが、そんなそぶりはなかった。となると、あの配達員しかありえない。なぜそんなことを？　テロリストが警察を頼るというのか？

「念の為、中を確認させてもらっても良いですか？」

別府の頭にいくつもの疑問符が浮かぶ中、警察官が続ける。

「あ、いやそれはちょっと」

「何か、見せられない事情でも？」

「いや、その……」

警察官は怪訝《けげん》そうな視線を別府に向ける。まずい。何とか、この場を切り抜けないと――。

「あの、僕、実は芸人なんです」

咄嗟《とっさ》に口から出たのは、昨日と同じ口上だった。

「え？」

警察官が目を見開いた。

そうだ。昨日と同じく、血だらけの幽霊が出る設定にすれば、警察官も恐れ慄き逃げ帰るはずだ。

「ここ、事故物件で、出るんですよ。このマンションで殺された、血だらけの女が。それで……」

背後から足音が聞こえた。振り返ると、須藤が振りかぶって別府に拳《こぶし》を向けているところだった。


「まさか、公安の方だったとは」

須藤が一通りの事情を説明すると、警察官が背筋を伸ばした。

別府はティッシュで鼻血を拭《ぬぐ》い続けるも、一向に止まる気配がない。須藤に殴られた鼻の痛みは、ジンジンと増し続ける。ひょっとしたら、折れているかもしれない。

「すみません、ご迷惑をおかけして」

須藤がしおらしく頭を下げる。

「いえいえ。あ、申し遅れました」

警察官は慌てた様子で敬礼する。「私、多摩西警察署、巡査長の相馬《そうま》と申します」

「ご苦労様です」

須藤も敬礼を返す。「すみませんが、今は極秘任務の真っ最中なので、他言無用でお願いします」

「かしこまりました。通報された方には、うまく誤魔化して話しておきます」

話のわかる警察官で良かった。別府は鼻の痛みに目を瞬かせながらも、ほっと胸を撫《な》で下ろす。

「すみません。よろしくお願いいたします。相馬巡査長」

須藤は頭を下げる。

＊

「あのおまわりさん、どうりでいい加減だったわけだ」

丸子は須藤の話を聞き終わり、ようやくすべての点が線として繋《つな》がる。島崎が、小宮の部屋のドアノブをガチャガチャしていた理由もわかった。

「幽霊――血を流した女の人は、あなたでしたか」

荒川が言うと「……はい」と須藤が、申し訳なさそうに頷《うなず》く。

「話を整理すると、お二人は３０１号室の長谷部さんと丸子がテロの容疑者だと睨《にら》んでいた、という事ですよね？」

荒川が目の前に座る須藤と別府の二人に確認する。

「ええ」

須藤が頷いた。

「だから、違いますって」

丸子は否定する。

「でもその後、事態は一気に動いたんです」

◇３０１号室　長谷部弘美

吾輩《わがはい》は猫である。名前はミー。ご主人様からは、ミーちゃん。と呼ばれている。

ご主人様は最近、機嫌がいい。

いつもなら、仕事から家に帰ってくると「ミーちゃん聞いてよ。今日もとっても忙しかったの。バイトの子がドタキャンしたから、私が一人で発注と品出し、レジまで対応したのよ。休憩時間もいつもより短かったんだから」と、ミーを抱きながら延々と続く愚痴大会が始まるのだが、最近では「ミーちゃん、見てみて。こっちとこっち、どっちのカチューシャの方が似合うかな」などと、ミーにファッションチェックをお願いすることが多くなった。

理由はわかっている。最近、お隣さんという人が現れてからだ。

ご主人様が「男前よねえ」と、生き生きと楽しそうにしているので、ミー的には嬉《うれ》しいのだが、同時に、ご主人様を盗られたような気もして、正直複雑な気分ではある。

だが、ミーの複雑な気分の理由は、それだけではない。

一度、ご主人様が仕事で家を空けている時、何故かお隣さんが一人で現れ、部屋の中を色々と物色していた。ミーのお気に入りの壁掛け時計をベタベタと触っていた時は、何か嫌な気分になった。だがミーはイヌじゃないので吠《ほ》えないし、嚙《か》みつきもしない。ただ、ミーは指定席であるキャットタワーの頂上のカゴの中で、じっとその様子を見つめていた。まあ実際、ミーに危害が加わらなければ、あえて干渉するようなことはしない。

だが、ミーは見ていた。

お隣さんが、壁掛け時計にムシを隠しているところを。

ミーが、ゴキブリだかセミと呼ばれるムシを食べると、ご主人様は顔を膨らませて怒る。ミーもご主人様に怒られたくはないから、ご主人様がいるところでは絶対にムシは食べない。だが、ご主人様がよそ見をしていたり、姿が見えない時は別だ。本能と言うべきなのか、抑えが利かなくなる。動いているムシを見かけたら、攻撃せずにはいられないのだ。ムシが逃げれば逃げるほど追いかけたくなるし、一度咥《くわ》えたら嚙み砕《くだ》いて飲み込まずにはいられない。

壁掛け時計の中にムシがいることは分かっていたので、ミーは時計の中からムシが出てくるのをじっと待った。けど、いくら待ってもムシが出てくる気配がない。我慢できなくなったミーはソファのヘリに登り、そこから体をしならせジャンプした。壁掛け時計に飛び乗ろうと思ったのだ。だが時計はミーの重さに耐え切れず、床に落ちてしまう。その衝撃で壁掛け時計の中身が床に散らばった。そこから、二本の触覚が伸びたムシが出てきた。ムシは角ばっていて、舐《な》めても味がしない。変な臭いがする。噛むと硬いが、思い切り噛むと食べられないわけではなさそうだった。ご主人様がいない、今のうちに食べ切らないと、また食べるのを止められてしまう。ミーは急いで、その四角いムシを食べた。

「うわ。どうしたの、ミーちゃん」

帰ってきたご主人様は開口一番、そう叫んだ。床にはミーが落とした壁掛け時計が、バラバラになっている。「もー。また散らかしてー。また変なもの、食べてないでしょうね」

ご主人様の言葉に、ミーは「食べてないよ」と返した。

それからだ。

何故か体が重く、動きにくくなった。

ご飯も食べたいと思わなくなった。体を動かすのが億劫《おっくう》になってきた。お腹も痛い。

「どこか悪いの？　ミーちゃん」

ご飯が食べられず残していると、ご主人様が心配そうにミーを抱えた。

ある日、ご主人様が鼻をくんくん鳴らしながら、窓を上げた。何か嫌な臭いが、ミーの鼻腔《びこう》をくすぐる。

「やあね。ベランダで煙草を喫われると、こっちまで煙草臭くなっちゃう」

そういって自身の発言にはっとしたご主人様は「ミーちゃん。ひょっとして、煙草の煙で気分悪くなってるの？」とミーに向かって言った。

ミーは「違うよ」と返すのが精一杯だった。

「今度お隣さんが煙草喫ってるの見かけたら、注意して止めさせるから」

と、ご主人様は怖い顔をして言った。

◆ 8

いつものように別府が盗聴していると、３０１号室で何やら人の話し声のような音が聞こえてきた。

だが波形の揺れは小さく、音量を最大にしても微かにしか聞こえない。長谷部が誰かと会話をしている。それは確実なのだが、その中身までは聞き取れなかった。

「くそ」

おそらく、盗聴器から離れた場所で会話をしているのだ。盗聴器はリビングの座椅子の中に隠していた。となると、玄関口あたりか？

ひょっとしたら、訪問者がいるのかもしれない。

別府は玄関のドアを少しだけ開け、隣の３０１号室の方を覗《のぞ》く。

予想通り、長谷部が玄関で黒斑猫《くろぶち》を抱えたまま、おしゃべりをしていた。その相手を見て、別府は驚いた。小さな鳥のロゴが帽子についた、あの配達員だった。

「けっこ・よ」

よく聞こえない。けっこん？　いや、けっこう、と聞こえた。結構、欠航、ケッコウ……。

「決行？」

——テロの決行か。背筋に冷たいものが走った。

「それって……いつですか？」

配達員が神妙な面持ちで聞き返す。願ってもない質問だった。別府は耳を澄ます。

「んーと……」

長谷部が抱えていた黒斑猫が、別府に気づいた。こちらを見て「ニャー」と低い声で威嚇する。そのせいで、長谷部と配達員の会話がまったく聞き取れない。

うるさい、静かにしてくれ。

別府は猫に向かって人差し指を立て、口元でシーと、ジェスチャーで返す。それでも猫は、執拗《しつよう》に威嚇を繰り返す。さすがの別府も、猫との意思疎通は難しい。ジェームズ・ボンドでも不可能だ。

鳴いている猫に気づいた配達員が、その視線の先を見た。別府と目がばっちりと合ってしまった。

まずい。気づかれた。

別府は感情を表情から消し、何事もなかったかのように、ゆっくりとドアを閉める。

別府は己の行動を後悔する。玄関付近にも盗聴器を仕掛けておくべきだった。不用意にドアから顔を覗かせるべきではなかったのだ。このジョージ・ベップ、一生の不覚だ。

だが、後悔してももう遅い。このままではダメだ。早く、手を打たないと――。

ディスプレイの前で、301号室の盗聴を続ける。

しばらくすると、「ミーちゃん、本当に大丈夫？」と、長谷部の声が明瞭《めいりょう》に聞こえた。

配達員が帰り、リビングに戻って来たのだろう。

気ばかりが焦る別府は、机の上に置かれたケースに目が留まった。中を開ける。須藤を一瞬で気絶させた、ボールペン型麻酔銃が入ってた。

別府は覚悟を決める。

301号室のインターフォンを押した。

◆

9

「何してるんですか？」

須藤を301号室に呼び出した。

麻酔銃で眠らせた長谷部をリビングの椅子に座らせ、両手両足を縄で拘束していた。

その傍らには、ご主人を心配するかのように黒斑猫が横たわっている。

「強攻策だよ。この耳で確かに聞いたんだ。『決行』するそうだ」

別府の言葉に、須藤の顔が強張《こわば》る。

「今から、彼女を尋問する」

「ちょっと待ってください。本部に報告してからにしないと……」

「そんな悠長なことを言っている暇はない」

別府はボールペン型麻酔銃に付属されていた解毒剤を、長谷部に注入する。しばらくすると、長谷部は目を覚ました。

「……え？」

長谷部は状況を理解するのに時間がかかっているようだ。「何これ」

別府の姿を見て首を傾げる。

「トレーナーさん？」

「長谷部さん。僕は悲しい。あなたとは、あんなにアツい時間を共に過ごしたというのに」

「何ですか、これ」

長谷部は両手を動かそうとして身動き取れないことに気づき、体を揺さぶり声を張り上げる。「何で縛られ……あ、もしかして、そういうプレイ？」

長谷部の頬が急に赤らんだ。

「そういうのも、悪くないですね」

　ふと別府の表情も緩む。出会いは良かったが、まさか彼女がテロリストだったとは。ジェームズ・ボンドには女性の愛と裏切りがつきもののように、このジョージ・ベップもまたその狭間《はざま》で苦悩する。彼女とパーソナルトレーニングをした思い出が脳裏をよぎる。そうだ、この部屋で、別府は彼女と——。

「おい」

　須藤が乱暴な口調で言った。

「すみません」

　別府は仕切り直すべく、ふぅ、と一息つく。「僕はあなたに、どうしても聞かなければいけないことがありましてね」

「……何ですか？」

　長谷部は不安げな表情で、別府と須藤を見上げる。

「あなた、私が仕掛けた盗聴器を、処分しましたね」

「盗聴器？」

　長谷部の隣でぐったりとしていた黒斑猫が、ふと顔を上げた。

「うまく隠したのに、よく見つけられましたね」

「え？　何のことか、さっぱり……」

　長谷部が困惑の表情を浮かべる。猫の目が見開かれる。

「あなたが、今度の選挙を狙ったテロリストなんでしょう?」

「テロ? は? 何言ってるんですか?」

長谷部はわけがわからないと言った様子で、眉根《まゆね》を寄せる。

「とぼけても無駄だ。爆弾はどこだ?」

別府は屈《かが》み込み、長谷部の顔を覗き込む。しっかりとその瞳《ひとみ》に訴えかける。

「何のことか、本当にわからないです」

だが長谷部は、強い眼差しで別府を睨《にら》み返す。

「いい加減に……」

別府が声を張り上げている最中、黒斑猫が大きな声で鳴いた。見ると傍に座っていた黒斑猫がえずき、耳障りな音を立てながら、突然何かを吐き出した。

「うわ、きたな……」

思わず別府の声が漏れる。猫の唾液《だえき》に塗《まみ》れた物体に、視線が留まった。見覚えがある。

これは——。

「あ」

須藤が思わず声を上げた。

吐瀉物《としゃぶつ》の中には、砕かれた黒い破片がいくつか散らばっていた。その中心に赤いケーブルが伸びた物体があった。盗聴器だ。自分でいくつもセットしたのだから、見間違えようがない。

「ミーちゃん、どうしたの？　ミーちゃん」

長谷部が、ぐったりとした猫に声をかける。

「ミーちゃん、大丈夫？」

両手両足を縛られたままの長谷部の悲痛な叫びが、室内に響いた。

＊

「結局あの猫ちゃん、入院することになって」

須藤が申し訳なさそうに呟《つぶや》いた。「長谷部さんはその付き添いで、今は動物病院にいます」

「そうだったんですね。じゃあ、長谷部さんも、シロだったと」

荒川が神妙な面持ちで言った。

「ええ」

須藤が頷《うなず》く。

彼女の話をひとしきり聞いた後、一つの疑問が残る。

「じゃあ、あの人は？　あの――」

丸子がそう言うと、荒川が続ける。

「201号室の巻坂さんは、なぜいなくなったんですか？」

「そう、巻坂さん」

荒川とは阿吽《あうん》の呼吸だ。思わず丸子は、目の前の丸テーブルをバンと叩《たた》いた。その音に驚いたのか、須藤も別府も荒川も、テーブルに釘付《くぎづ》けになる。

「あ、すみません」

丸子は思わず頭を下げる。

「やはり、怪奇現象？」

丸子が立てた音に驚きながらも荒川は、巻坂の不在をそう分析した。

「だから、それはないですって」

丸子はため息混じりで反論する。

「なぜ、巻坂さんはいないんですか？」

荒川が再び尋ねる。「理由、ご存知なんですよね」

「それは」

その問いに、須藤と別府は、ゆっくりと目を合わせる。

「彼が、テロリストだったからです」

しばらくの沈黙のあと、須藤が言った。

「え？」

丸子と荒川は、同時に声を上げた。

「消去法で、真犯人の候補は２０１号室か、２０３号室の住人に絞られました。それで二人の行動を洗い直してみたんです。そしたら、２０１号室の巻坂さんはすごく几《き》帳面《ちょうめん》な性格をしているのに、ゴミを分別して捨てていないことが多々ありました」

須藤は淡々と言った。

「確かに、それは僕も気づいてました」

丸子も同意する。

「それこそが、彼が外部とコンタクトを取る方法だったんです。彼は爆弾の部品を作ると、それを設計図と一緒にゴミに紛れさせて外部の仲間に渡し、回収された部品は別の場所で組み立てられていました」

丸子と荒川は、須藤の話に息を呑《の》む。

「部品を回収した巻坂の仲間のあとを追って、彼らのアジトを特定しました。大田《おおた》区にある、古びた町工場でした。捜査班と突入した所、爆弾を組み立てている現場をおさえることができました。同時に別府さんは２０１号室に乗り込んで、爆弾部品を作っていた巻坂を現行犯で逮捕することができました」

◆ 10

「そういうことだったのか」

思わず、丸子の口から言葉が漏れた。須藤の説明で、すべての疑問が腑《ふ》に落ちた。

だが同時に、何かがひっかかる気もする。

「ということは、テロリストは無事に捕まったと」

荒川が続けた。

「はい」

須藤が頷いた。

「じゃあ丸子への疑いも、無事に晴れた。と」

荒川が確認を促すように言った。

「はい」

須藤が再度頷く。

「いやあ、良かった」

丸子もほっと胸を撫《な》で下ろす。

「丸子さんって、すごく、良い人ですよね」

須藤の視線が丸子と合った。気がした。

「え」

だがすぐに視線を逸《そ》らされる。

「私のこと心配して、ここまで、乗り込んできてくれて」

しみじみと須藤が呟いた。

「え、いや、そんな」

丸子も恥ずかしくなり、彼女を直視できなくなる。背後にある棚に視線を移した。

壁際に置かれた、高さのある木製の収納棚だ。一番下には月刊紙や週刊誌などの雑誌が、二段目には小説のハードカバー、三段目には小説の文庫本、最上段には積み重ね型のチェストと、コミックがみっしりと並んでいる。二段目の単行本の空きスペースには、ディフューザーも置かれていた。部屋の中のいい香りの原因はこれだったのか。

一番下の雑誌の中で、一冊の週刊誌に目が留まる。表紙が梅沢富美男だった。

「あれ、梅沢富美男が表紙の雑誌なんて持ってたんですね。須藤さん、梅沢富美男好きなんですか?」

丸子は照れ隠しのつもりで声を張り上げた。

ふと、違和感を覚えた。

この収納棚を見ていると、不安な気持ちになる。理由はわからない。だが、何かとてつもない違和感があるのだけは事実だった。

——なんだ？　何がある？

注意深く、収納棚に並ぶ本を見る。下段は大判サイズのミステリー雑誌や女性誌が並び、斜めに倒れたビジネス誌の表紙が梅沢富美男だった。二段目は『初恋』や『謎解きはコーヒーとともに』『愛を引き寄せる魔法則』『別府温泉湯けむり殺人事件』『メルトするこの気持ち』など、雑多な種類の本が多数並んでいた。

『青蛙と奇妙な仮面の大男』というハードカバー小説の、作者の名前に惹《ひ》きつけられた。須藤悠子《ゆうこ》という作家だった。

視線が横に流れる。ディフューザーのラベルを見る。『ROSEMARY BLEND TERADA FRAGRANCE』と銘打たれていた。

——そのトリックが、まあ見事で。

これまでの登場人物の頭文字を全部繋《つな》げたら、暗号になってるんです——

丸子は、会社の休憩室で荒川と話していた内容を思い出していた。

須藤の話では、彼女は公安の捜査員で本名は須藤さくら、相棒の島崎は別府譲治、公安の上司の名が寺田雅子で、丸子が落としたメモを電話番号と勘違いし、電話をかけた相手が梅沢富美男。

『須藤』悠子の小説があり、さらにその横には『別府』温泉湯けむり殺人事件。『寺田』フレグランスのディフューザーに、『梅沢』富美男の週刊誌。

偶然、だろうか？

いや――。

ある名前を探す。最上段のコミックにも、その名はない。

そういえば別府――島崎が飲んでいたマグカップにも、何か文字が刻まれていた。

そう思い至った矢先、別府が白いマグカップでコーヒーを飲んだ。持ち上げたそのカップの底には、『Soma Toki.co』と製造元が刻印されていた。『相馬』だ。

交番勤務の巡査長の名が、相馬だった。

違和感の正体がわかった。既視感だ。須藤の話の中に出てくる登場人物の名前は、すべてこの部屋の中の物から名付けられていたのだ。

須藤と別府、寺田に梅沢、最後は相馬。

その頭文字を、頭の中で並べてみる。

す・べ・て・う・そ。

最終章　すべてうそ

◆

1

すべてうそ。

どういう事だ？　これまでの話が、『すべて嘘』という事なのか？

丸子は言葉の意味を考える。

荒川が須藤さくらに向かって何かを尋ねている。だが会話の内容がまったく頭に入ってこない。

いや、ということは、この目の前の女性はやはり須藤さくらではなく、小宮千尋ということになる。だが、この暗号――メッセージは、名前のトリックを知らないと気づけないはずだ。

いや、丸子は小宮に『スパイ転生』のファンであることを告げている。頭文字のトリックについても、予想外で興奮しましたと感想も伝えた。

そうだ。小宮は丸子がこのトリックを知っていることをわかって、メッセージを隠したのだ。この男――島崎に気づかれないように。

島崎はコーヒーを飲んでいる。カップを持つ手は右手で、左手は先程からずっと下におろしたままだと気がついた。その左手は、不自然に小宮の方に伸びていた。

丸子はわざと机の上に置かれた小物を指で弾く。マスキングテープのようなそれは、コロコロと収納棚の下に転がっていった。荒川と小宮、島崎が一斉にその方向を見た。

「あっ、すみません」

丸子はそれを拾う振りをしながら、小宮と島崎が座るテーブルの下を覗《のぞ》き込む。思わず声が漏れようとして、何とか踏みとどまった。

島崎の左手にはナイフが握られていた。その刃先は、しっかりと小宮を捉《とら》えている。見上げると小宮は、不安げな表情で丸子を見つめていた。島崎は顔色を変えず、ただじっと丸子を見つめていた。荒川は一度丸子を見ると、その背後にある本棚に視線を移した。再び荒川と視線が合う。荒川もトリックに気づいたようだ。丸子は小さく頷《うなず》く。

荒川と島崎が向き合い、無言のまま時間が過ぎる。室内に緊張が走る。身を屈《かが》めたままの丸子は、島崎がナイフを握り直したのがわかった。小宮は自身に近づくナイフに、背筋を伸ばす。

丸子はテーブルの上に置かれていた黒いファイルを持ち上げ、それを島崎に向かって投げつけた。島崎は両手を上げ、それを防ぐ。ナイフは左手に持ったままだった。

「荒川さん！」

丸子が声を出すのと同時に、荒川が島崎に飛び掛かる。荒川は島崎が持つナイフを取り上げると、そのまま覆い被《かぶ》さり、脇を固め関節を極《き》めた。島崎はそれを撥《は》ね除《の》けようと体を捩《ねじ》るも、荒川がそれを許さない。

小宮は緊張が解けたのか、肩を震わせ泣き始めた。

「ぐ、っぐぅ……」

身動きが取れなくなった島崎が、うめき声を上げる。

◆

2

荒川の指示で、即座に小宮が警察に通報した。島崎はその後、荒川に取り押さえられたまま抵抗もせず、諦《あきら》めたのかただ呆然《ぼうぜん》と一点を見つめていた。その瞳《ひとみ》は虚《うつ》ろで、顔からは生気が抜け落ちていた。程なくして警察官が押し寄せ、島崎を連行した。

キッチンの椅子に小宮が腰かけ、丸子と荒川は立ったままスーツ姿の刑事に聴取を受けた。丸子が話し、荒川が繰り返し、小宮が補足する。そんな形で一時間ほどの時間があっという間に過ぎた。部屋の中には鑑識や他の刑事が出入りを繰り返し、何やら現場検証をしているようだった。

「誤魔化すために、作り話を？」

一通りの経緯を説明し終えたあと、聴取を仕切っていたスーツ姿の刑事が言った。

「はい」

小宮が頷く。

「島崎に気づかれずに訪れた荒川さんに真実を伝えるため、話を作り上げた。その作り話の中に、秘密のメッセージが込められていた、と」

刑事が続ける。小宮が再度、頷いた。

「よく咄嗟《とっさ》に、そんなことを思いつきましたね」

刑事が感心する。

「自分の小説のトリックで使ってましたから」

小宮が言った。

「自分の小説？」

「ああ、私、ライトノベルを書いてて」

そう言って小宮は、自身のスマホを操作し、刑事に画面を見せる。

「コミヤチヒロ……ああ、小宮さん。そのままの名前なんですね」

刑事が作者名を見て言った。小宮は恥ずかしそうに頷いた。

「それにしても、気づく方も気づく方だ」

「それは――」

「そのトリックは、丸子から聞いていましたから」

丸子が答えようとするのと同時に、荒川が答えた。

「そうですか」

刑事がメモを取りながら頷いた。

今、改めて振り返ると小宮の作り話は荒唐無稽《こうとうむけい》すぎる。彼女が公安だというのは真っ赤な嘘だし、長谷部と島崎の接点も本当はないだろう。無論、メモの数字は梅沢富美男の電話番号ではない。それに、小宮を介抱する島崎を見たという巻坂の話とボールペン型麻酔銃の話は、冷静に考えると時系列が合っていない。小宮の話を聞き終えた時に丸子が覚えた、違和感の正体だ。

話を聞いている最中は気づかなかったが、これも彼女の仕掛け――トリックだったのだろう。そう、すべてうそ、なのだ。

「何だったんですか、あの男は」

荒川が尋ねる。

「島崎は、連続殺人事件の容疑者です」

刑事の言葉に、丸子たちは驚きを隠せない。言葉が出てこない。

「奴は三ヶ月前にも、このマンションで監禁事件を起こしていました。被害者は203号室に住む、流川翼さんでした。島崎は流川さんをしばらく監禁したあと、今度は小宮さんも襲いました。そして用済みになったのか、流川さんを殺害したんです」

先ほど、２０３号室の鑑識から報告を受けたと、刑事が続けた。

島崎はただのストーカーではなかった。丸子の推理は当たっていた。だがまさか、すでに死者がいるとは思ってもいなかった。

「なんで、警察は、今まで気づかなかったんですか？」

荒川が至極真っ当な質問をする。丸子は交番に通報まで行った。だが、見破れなかった。

「あの男――島崎は、うまく被害者になりすまして犯行を隠していたようです。だから、発覚が遅れました」

刑事の言葉に、丸子は思い当たる節があった。丸子は流川翼宛《あて》の荷物を配達していた。結局荷物は届けられなかったものの、電話で再配達についてやりとりはしたのだ。あの電話は――。

「あれは、島崎の声だったんですね」

確かに、今思い返してみれば、あの声は島崎のものだった。翼という名前とその電話の声から、流川は男性だとばかり思い込んでいたのだ。

「今回の件も含め、我々警察の落ち度です」

刑事は目を伏せる。

「他の住人の方は？」

荒川が尋ねる。

「先ほど無事が確認されました」

刑事の言葉に、丸子はほっと胸を撫《な》で下ろす。

「今、署の方で事情をお聞きしています。303号室の沼田さんはすでに家を空けていたようですが、残りの二人は丸子さんから危険を知らされて、避難していたそうです」

「え」

驚いたのは荒川だった。

「実は、二人には手紙を渡してたんです」

丸子は事前にマンションの住人に宛て、手紙を書いていた。盗聴器が仕掛けられている可能性があること、盗撮されている可能性があること、身に危険が迫っている可能性を伝えたものだ。

「口頭だと盗聴されるかもなって思ったんで、手紙で、荷物と一緒に渡したんです」

巻坂と長谷部に、弊社からのご案内と称して。

荒川は何も言わず、ただじっと丸子の話を聞いていた。

「信じてもらえるかどうかわからなかったですけど。皆さんが無事で、本当に良かったです」

荒川だけでなく、小宮も刑事も、何も言葉を発しない。感心しているのだろうか。

「あれ」

ふと、ある疑問が丸子の脳裏に浮かんだ。

「でも、島崎は『連続』殺人犯なんですよね。他の住人の方が無事だったんなら、あとは誰が犠牲になったんですか？」

丸子が尋ねるも、刑事は沈痛な表情を見せるだけだ。

「刑事さん？」

「警部。現場検証、終わりました」

廊下から、鑑識をしていた係員が現れた。

「ご苦労さん」

刑事は鑑識を労《ねぎら》うと、近くの部下に「ご遺体、運ぶ準備して」と指示を出す。

「ご遺体？」

丸子は繰り返す。今、ご遺体と言ったのか？

——誰の？

「失礼します」

刑事は深々と頭を下げ、その場を後にする。荒川と小宮も深々と頭を下げる。

丸子は嫌な予感がした。

恐る恐る刑事の後に続く。刑事と鑑識は廊下をすぐに左に曲がった部屋に入っていき、そのまますぐに出てきた。

丸子が覗《のぞ》くと、そこは浴室のようだった。扉は開いていた。

血まみれの浴槽が見えた。

◇　302号室　島崎健吾

島崎の両隣に、スーツ姿の刑事が座った。二人とも痩《や》せ型だが、当たる腕はがっしりとしていて、押してもびくともしない。パトカーが動き出す。大人三人が並んで座るには、後部座席は狭すぎる。自然と肩身が狭くなる。ただでさえ身動きが取れないのに、手首には手錠だ。

いつかこうなると思ってはいた。島崎は大きなため息を吐く。人生の終焉《しゅうえん》。絶望。まさにそれだ。

何度か絶望を味わった経験はあるものの、これは最大級だ。歳をとるほどに、その絶望感は大きくなる。

養成所で構成作家の講師に小学生の方がまだ面白いと罵倒《ばとう》された時。

M-1一回戦でスベり過ぎて、ネタが飛んで頭が真っ白になった時。

相方に、お前のネタには人間味が足りないと解散を言い渡された時。

事故物件に住んだのに思うような画が撮れず企画がお蔵入りした時。

いくつか島崎の絶望リストを挙げてみたものの、今思えばすべて大したことではないことに気がついた。

「何がおかしい」

左隣の刑事が、低い声で島崎を叱責《しっせき》した。どうやら、いつの間にか笑い声が漏れていたらしい。

そうか、俺は笑っているのかと、島崎は車内のルームミラーで自分の顔を確認する。肌は生気がなく、口角が不気味なほどに上がっていた。だがその顔は島崎の顔ではない。長い黒髪の間から、女性の青白い顔が浮かんでいた。

「うわぁっ」

島崎は思わず仰《の》け反った。左右を確認するも、刑事しかいない。だが車のミラーを覗くと、確実に黒髪の女が車の後部座席に座っている。薄汚れた、元は白かったであろうワンピースを着ているが、その至る所に赤黒い血痕《けっこん》が滲《にじ》んでいる。

「暴れるな、静かにしろ」

左右の刑事たちが、島崎を押さえつける。その後ろから、長い黒髪の女が島崎を覗き込んでいた。

「うわぁあああぁあああ」

島崎はその女から逃げようと、車のドアに手を伸ばす。だが刑事に力ずくで押さえつけられる。

「いい加減にしろ。逃げられると思うな」

男の声に交ざって、女の声が聞こえた。両隣の刑事に体重をかけられる。重く、苦しい。呼吸をするのもやっとだ。

黒髪の女が出てくるのは久しぶりだった。

しばらくしてから気づいたのだが、島崎が若い女を監禁している間は、彼女は出てこなかった。いや、正確にいえば、若い女を監禁していたのが、彼女だったのだろう。

彼女との出会いは、事故物件に移り住んだ時だ。

地上波深夜の人気番組で、事故物件に実際に住み幽霊が出るかを検証する企画が立案された。長期にわたるロケ企画で、必然的にスケジュールが立て込んでいる人気芸人はアサインできない。何人かスケジュールや企画内容で断られた挙句、島崎にお鉢が回ってきた。深夜とはいえ、地上波だ。今ではネットで見逃し配信もあるから、一発話題になれば大ブレイクの可能性もある。などと、滅多に連絡がこないマネージャーから上手いこと言われ、企画に参加することにした。

島崎にとっては願ってもないチャンスだった。コンビを解散後ピンになるも鳴かず飛ばずで、文字通り地下で燻《くすぶ》っていたところに、地上に出られる糸が垂れてきたのだ。

番組ディレクターとの打ち合わせでもカメラが回っていた。「リアル求めてるから」とディレクターは言った。さすが、地上波は違うと島崎は感心する。事故物件の住居はテレビ局側が半年間すでに契約していると言うので、「じゃあ、俺も半年住みますよ。ちょうど賃貸の更新時期だったんで」と言った。気合いが入っていると思われたかったからだ。実際、本当に更新の時期で、より安い家賃のところに引っ越すかどうか悩んでいたのも事実だ。

こうして島崎は事故物件に移り住んだ。引越し当日からカメラが回っていた。芸能人になったみたいで、島崎は気分が良かった。

大家に挨拶《あいさつ》に行くと「くれぐれも、無茶しないように」と目も合わさずに言われた。ディレクターの意向で、その部屋でどんな悲劇が起こったのかは、島崎には伝えられていなかった。

「リアル求めてるから。なんなら、どんな事件があったか、その目で確かめて報告して」

ディレクターの言葉に、島崎は大きく頷《うなず》いた。

カメラクルーは出払い、1LDKには島崎が一人取り残された。トイレと浴室、ベランダに至るまでカメラが設置されていて、島崎もGoProを持ち、万全の態勢で夜を迎えた。

初日から黒髪の女が枕元に立った。長く伸びた黒髪は手入れをしていないのか傷んでいて、隙間から覗く顔は青白く、目は真っ黒だった。血だらけのワンピースを着ていた。裏切り者、裏切り者と腹を何度も刺された。包丁を握るその両手すべての指の爪は剝《は》がれ黒ずんでいた。腹を刺される痛みは本物だった。経験したことのない、腹の中を掻《か》き回《まわ》されるような痛み。その激痛で覚醒《かくせい》するも、金縛りに遭い身動きが取れず、声も出ないまま、朝まで硬直状態が続いた。

〈出ました。黒髪の女の幽霊が〉

翌朝、陽の光が出始めてようやく身動きが取れるようになり、スタッフが入っているLINEグループに報告する。

オンラインで映像をチェックされる。だが、それらしきものは何も映っていないという。天井から寝ている島崎を映している映像を見たが、微かに動いているだけで、画的な変化が全くなかった。

「夢だとね、リアルじゃないよね」

ディレクターに言われ、島崎はどうしたものかと考える。

画が撮れなければ、音だ。

島崎は仕事がない間、電気工事のバイトをしていた。かれこれ十年になり、今ではエアコンの設置も一人でこなせる。スタッフにお願いして、高性能の集音器と盗聴器を用意してもらい、島崎自身が各部屋に設置した。音を視覚的にもチェックできるよう、パソコンとも連動させる。これで万全だ。

だが、興奮と恐怖でその日は一睡もできなかった。撮れたのは、何度も寝返りを打つやつれた芸人の姿だけだった。

翌日の昼、うとうととしていると夢を見た。黒髪の女性が現れた。また腹を刺された。今度は、若い女が好きなのか、若い女が好きなのか、と延々言われ刺され続けた。昼寝の最中の悪夢だ。前回と同様、金縛りに遭い身動きが取れない。ようやく体の自由が利いた時には、ねっとりとした嫌な汗を大量にかいていた。

定点カメラに映っていたのは、苦悶《くもん》の表情を浮かべている島崎だ。だが部屋の中は午後の日光で明るく、寝苦しそうにうたた寝しているようにしか見えない。盗聴器の音も、島崎の衣擦れの音と微かな寝息くらいしか拾えていなかった。

「昼だとね、リアルじゃないよね」

ディレクターに言われた。

そういったことが毎日続いた。島崎が夢でうなされる以外、部屋にはなんの異常も見当たらなかった。念の為にと設置されたサーマルカメラと赤外線カメラにも、異常なものは何も映っていなかった。完全に、島崎だけが、この事故物件で霊を目撃していた。だがそれは彼の夢の中という、他者にとっては確認しようがない心霊現象だった。

文字通りの悪夢で、島崎の日常は乱れた。昼も夜も眠れず、眠ったら黒髪の女が現れ腹を何度も刺される。腹を刺される痛みは本物なのだが、夢から覚めると傷一つない。腹に刺された痕《あと》の一つでも残っていればリアルなのだが、ただただ大量の汗をかくだけだった。

それが一ヶ月続いた。

島崎からのLINEグループへの報告はすでに、スタッフの既読がつかなくなっていた。悪夢を見る、だけでは、テレビの企画としては成立しない。実際に島崎も映像を見たが、どこにでもいる普通の男性が薄く目を開けたまま眠っているだけなのだ。動きもしなければ、声も発しない。夢の中では、何度も何度も黒髪の女に腹を刺され続けているというのに。

場所を変えても同じだった。試しにサウナに行き大勢がいる休憩所で横になったが、いつもと変わらぬ悪夢を見た。どうやら黒髪の怨霊《おんりょう》は、島崎に取り憑《つ》いたようだ。そのうちに、起きているのか寝ているのか、曖昧《あいまい》な感覚に陥ることが多くなった。気づけば家にいる。気づけば外出している。気づけば黒髪の女に腹を刺されている。

企画がお蔵入りになったと、マネージャー伝手に連絡が入った。島崎はその連絡に返信はしなかった。

ある晩、なぜか外を歩いていた。前には若い女性が歩いている。その靴音に導かれるように、島崎はそっと彼女を追った。古びたマンションに入り、郵便受けを確認している。幸い、オートロックはなく、エレベーターもない。彼女が急いで階段を登った。島崎は足音に気をつけながら、その後を追う。彼女が確認していた郵便受けは、203号室のものだった。

島崎はゆっくりと廊下を歩き、ドアの前でもたついている彼女に、手に持ったナイフを向けた。なぜナイフを持っていたのか。島崎は覚えがない。だがこの際、それはどうでもいい。ナイフを見た女性は体を硬直させた。正常な反応だ。島崎も初めて黒髪の女に腹を刺された時がそうだった。向けられたナイフが自分の皮に、肉に刺さらないか不安で、その切先から目が離せなくなるのだ。

島崎は女の喉元《のどもと》にナイフを突き立てる。震える彼女の指に手を添え、鍵穴《かぎあな》に鍵を差し込み回す。ドアを開け、彼女と共に部屋の中に入り、施錠する。

島崎は靴を脱ぎ、彼女にも靴を脱ぐようすすめる。一緒に中に入る。女性の一人暮らしのようだ。女性特有の甘い匂いが部屋に充満していた。島崎はそれを思い切り吸い込む。不思議と晴れやかな気持ちになった。

「死にたくなかったら、言う通りにして」

島崎はナイフを突きつけながら、彼女に言った。彼女は何度も無言で頷いた。

彼女にロープを用意させ、それで彼女の手足を拘束し、ベッドに括り付ける。

「ここから一歩でも出たら、殺すから」

島崎はそう言って、寝室の扉を閉めた。

強烈な眠気に襲われ、島崎はリビングのソファで横になる。

その日、島崎はいつもと違う夢を見た。黒髪の女が、ベッドに突っ伏して泣いていた。いや、おそらくそれは、黒髪の女なのだろう。髪は短く綺麗《きれい》に整えられていて、肌の発色もいい。いつも出てくる彼女とは似ても似つかぬ姿だったが、島崎にはそれが黒髪の女であることが直感で分かった。その手元には指輪が二つ並んでいた。

なぜ泣いているのかはわからない。だが、彼女の若い女性に対しての激しい憎悪が、島崎の心の中にもひしひしと伝わってきた。

気づいたら朝だった。

ソファで寝たため体が少し軋《きし》んだが、頭の中は晴れ晴れとすっきりしていた。久しぶりの熟睡の感覚。背伸びをすると、ぱきぱきと関節が鳴る音がした。寝室の扉を開けると、女はまだベッドに横たわったままだった。

夢ではなかった。

テレビを点《つ》ける。朝の情報番組の日付で、島崎は丸一日以上眠っていたことを知った。長いトイレの後、島崎は女性のスマホを確認する。メッセージの通知はいくつかあるもののすべてメディアからのお知らせで、個人的な連絡は無かった。

寝室に向かう。彼女はぐったりとしていたが島崎に気づくと身を捩《よじ》らせる。だがきつくロープで体を結んでいるため、身動きが取れない。

「怖がらないで」

島崎は、できる限り優しい口調で言った。拘束されている彼女を見ていると、これまで味わったことのない感覚を覚えた。自然と笑みが溢《あふ》れた。

女性が声を上げる。あまりにも怖がったので、島崎は壁に立てかけられた姿見で自身を見る。

鏡には黒髪の女性が映っていた。服は血だらけだった。

黒髪の女は、笑っていた。

◆3

扉の隙間から見えた浴槽は、血まみれだった。湯船の中に誰かいる。折れ曲がった両足が見えた。浴槽に横たわっているのか、丸子の側からは角度的に、その顔が見えない。

丸子は呼吸が荒くなる。嫌な予感がする。見たくない。だが、確かめずにはいられない。

ゆっくりと近づくと、浴槽の中で横たわる男の姿が見えた。顔面は蒼白《そうはく》で、首を窮屈そうに曲げ、こぢんまりと、浴槽の中に収まっている。

丸子は思わず後ずさる。足に力が入らない。おぼつかない足取りで、後ろに倒れそうになる。廊下まで後ずさり壁を背中につけてようやく止まった。だが、荒い呼吸は止まらない。

丸子は数時間前、この部屋に忍び込んだ時のことを思い出す。

「小宮さんをどうした！」

２０５号室の小宮の部屋にいた、島崎を問いただす。彼は何も答えず、無表情に丸子を見つめるだけだった。静かに奥の扉が開き、そこから小宮が現れた。

そうだ。

小宮が生きていて、ほっとしたのだ。

「良かった。生きてたん――」

言いかけて、小宮の足首に違和感を覚えた。鎖だ。鎖が、小宮の足首に繋《つな》がれていた。まるで犬を小屋に繋ぐような足枷《あしかせ》が、小宮の足首から伸びていた。悲しさと怒りが綯《な》い交ぜになった感情が、丸子の腹の奥深くから湧き起こるのを感じた。

同時に、背中に熱を感じた。

島崎が近寄ってきて、丸子の背中にナイフを突き立てたのだ。

呼吸ができない。感じたことのない痛みが背中から全身を駆け巡る。立っていられなくなり、その場にうつ伏せに倒れた。

動揺でふらつきながら、丸子はリビングに戻る。廊下ですれ違う鑑識や刑事は、誰も丸子を気にも留めていない様子だった。

いや、違う。

丸子のことが、見えていないのだ。

丸子が机を叩《たた》いた時、荒川は「怪奇現象」と言った。てっきり、巻坂が消えたことをそう結論づけたのかと思ったが、違った。

小宮が「丸子さんって、すごく、良い人ですよね」と言った。あの時は浮かれてしまったが、普通、本人を前にしてする発言ではない。

そうか。そういうことか。

丸子はようやく、自分が死んだことを自覚した。

◆

4

丸子がキッチンに戻ると、刑事に聴取を受けていた時と同じく、小宮は椅子に座ったままだった。荒川もその隣で立ち尽くしていた。二人が丸子に気づいている様子はない。

「そういえば、何だったんですかね、あのファイル」

荒川が、リビングのテーブルの上に置かれたファイルを見つめて言った。丸子が島崎に投げつけた、黒いファイルだ。「あの時、急に飛んできましたけど」

小宮は立ち上がると、ファイルを手に取った。

「あの、これって、丸子さんの事ですかね?」

ファイルの中を開いた小宮は、その中身を荒川に見せる。

「え？」

荒川はファイルを覗《のぞ》き込む。荒川が微《かす》かに頷《うなず》いた。

「やっぱり、そうだったんだ」

小宮の口角が上がる。

気になった丸子は、小宮が開いているファイルを覗き込んだ。そこには「応援しています」「楽しみにしてます」「生きがいです」など、投稿者「まる子」の感想コメントの数々が、丁寧にファイリングされていた。

「小説を投稿して感想もらえると、本当に嬉《うれ》しいじゃないですか。そのために書くって言っても、過言じゃないくらい」

「その気持ち、わかります」

小宮の言葉に、荒川はしみじみと頷く。荒川も小説の投稿者だ。

「丸子さんは、私に一番初めに感想をくれた人なんです。それからずっと応援するコメントをくれて」

丸子は、自分の投稿がコミヤチヒロに認識されているだけでも嬉しかった。

「正直、辛《つら》くて投稿やめようかなと思うこともあったんですけど、丸子さんのおかげで続けようって思えたんです。だから、丸子さんのコメントは、一つ残らず全部、大事にファイルにしまってあって」

「何でこれが、丸子だってわかったんですか?」

荒川が尋ねた。

「引越ししてきてすぐ、丸子さんが配達にきて、挨拶《あいさつ》してくれたことがあったんです。最初にお名前を聞いた時、一瞬ドキッとしたんですけど、まさかそんな偶然あるわけないなって思ってたんです。男だし」

小宮は、ファイルに貼られたコメントを愛おしそうに指でなぞりながら言った。

「けど、私の作品を毎回読んでるって言ってくれて。やっぱり、この人があの『まる子』さんなのかなと思って、お礼を言おうと思ったんです……」

丸子が、最近変わったことがなかったか尋ねた時、小宮が何かを言いかけていた。あの時のことか。

「けど、もし違ったらどうしようって思ったら、勇気が出なくて。あの時、ちゃんとお礼、言っとけば良かったな」

「あいつ、喜びますよ。あなたにそんな風に思われてたなんて知ったら」

荒川の言葉に、丸子はしっかりと頷いた。言葉が出てこない。たとえ出せたとしても、その声はもう彼女には届かないだろう。

「このファイルも、もしかしたらあいつが投げたものだったりして」

「え?」

小宮は首を傾げる。

「地縛霊です。この世に未練を残して死んだ者は、そこに居続ける事があるんです」

そうだ。丸子は確かにここにいる。地縛霊になっているのか？

「まだ、いますかね」

小宮がつぶやいた。

「え？」

「丸子さん。まだ、ここにいますかね」

「どうでしょう」

荒川は自分で言っておきながら、不安げな様子で部屋の中を見渡す。

いますよ。

僕はここにいます。そう叫んだ。だがその声が、彼女たちに届いている様子はない。

丸子は収納棚に向かい、書籍を二冊落とした。突然バサバサと本が落ちたので、小宮と荒川が驚いた。

小宮はゆっくりと落ちた書籍に近寄る。床に落としたのは『異世界転生ヴィラン』という漫画本と、『ルーブルが残したミステリー』という新書だ。

「い」

「る」

小宮が二冊の書籍の頭文字を読み上げる。

「い、る……。居る」

小宮は荒川に向かって言った。丸子は本棚に近づき、じっと目を凝らす。

「丸子さん」

小宮は丸子の正面に立ち、その目を見据えた。ような気がした。

「ありがとう。あなたがいてくれて、本当に良かった」

他者からの、感謝の言葉。

この言葉を受けたいがために、配達員になったと言っても過言ではない。人に必要とされている。人の役に立っている。その事実だけでも嬉しいのに、自分が本当に好きなもの、心の拠り所を創ってくれたその人にそう言われたら、もう本望だった。

ふと、足元が覚束なくなる。この世に未練がなくなったという事なのか。丸子は急いで、収納棚から本を落とした。

床に転がしたのは、『最弱の執事と最強の王』『世にも不思議な怪事件』『謎解きはコーヒーとともに』『ライトノベルの書き方』の四冊。

丸子は目を閉じる。

こちらこそ、あなたがいてくれて、本当に良かった。

◆

5

丸子が目を覚ますと、目の前に大きな階段があった。

ふた手に分かれている、中世の宮廷にあるような豪華絢爛《けんらん》な階段だ。頭上には大きなシャンデリアが輝いている。丸子はタキシードを着ていた。蝶《ちょう》ネクタイは、生まれて初めて身につける。

「ちょっと、あなた」

女性の声がした。天井が高いからか、声が響いた。王国の姫君のような赤いドレスを着た女性が、階上から丸子を見下ろしていた。その顔を見て驚いた。小宮千尋に瓜《うり》二《ふた》つだったからだ。

「あなたが噂のスパイ?」

「え?」

赤いドレスの女性は微笑み、ゆっくりと階段を降りる。突然、丸子の目の前に半透明のウインドウが現れた。ゲームのステータス表のようなもので、氏名:丸子夢久郎、種族:人間、職業:スパイ(S級)などと記されている。生命力、スタミナ、攻撃力、防御力すべての値が9999の最高値で、なぜか野心の数値だけが15と低い。

「もしお前になんかあったらどうすんだよ」

いつの日か、荒川に言われた言葉を思い出す。そうだ、あの時、丸子は——。

目の前のウインドウが閉じる。

「ねえ、どうなの？」

ドレス姿の小宮千尋が、丸子に尋ねた。

夢にしてはリアルだが、現実にしては荒唐無稽《こうとうむけい》だ。

主人公が異世界に転生して、S級スパイになって、王国の悪役令嬢を救う、冒険ミステリー。

「そう、みたいですね」

だが不快ではない。いや、むしろ。

「フフフ。やっぱりね。あなた、名前は？」

小宮千尋は満面の笑みで尋ねた。

「丸子」

荒川には黙っていたが、丸子も実は『007』が大好きだ。「夢久郎、丸子です」

丸子は、ジェームズ・ボンドの口調を真似て言った。


（完）

◇３０３号室　沼田隆

「気味が悪くなって、とりあえず家を出たんです」

警察の事情聴取に、沼田隆《たかし》は正直に答えた。

突然、警察と名乗る人物から携帯に連絡が入った。新手の詐欺かと思ったが、やけに沼田の事情に詳しい。聞くと何やら沼田が住んでいたマンションで殺人事件が起き、しかも犯人は隣の３０２号室の男だったという。正直、背筋が凍った。犯人の写真を見せてもらった。先日の夜、沼田が苦情を言った男だった。

チェックシャツの第一ボタンまで締めた、七三分けの童顔。ぶん殴ってやる勢いでインターフォンを鳴らしたが、手を出さなくて本当に良かった。人は見かけによらない。家を出て正解だった。あのまま居続けていたら、次のターゲットは沼田だったかもしれない。そう思うと、さらに体が震えた。

撮影許可を取らず何度かお世話になったが、警察の署内というのは落ち着かない。今日はこちらが悪いことをしているわけではないのだが、この場所自体が不思議と悪を寄せつけない雰囲気を持つ。まあ、悪を取り締まるのが彼らの仕事だから、当たり前なのだが。

聴取が終わり警察署を出たところで、沼田は途方に暮れた。本気で引っ越すつもりだったが具体的な候補先の物件はまだなく、とりあえず家を出てホテルに逃げ込んでいるだけだ。だが、いつまでもホテル暮らしというわけにもいかない。最近はインバウンド需要で、一泊数千円だったビジネスホテルが二万円近くに跳ね上がっている。

沼田が３０２号室で見た血だらけの女については、警察に聞いてもよくわからなかった。「本物の幽霊なら、我々の管轄外ですね」と怖いことを言われた。

殺人犯は捕まった。とはいえ、あのマンションにすぐ戻る、という気分には到底なれない。気になって調べたところ、沼田が住んでいたあのクレマチス多摩は、実は幽霊が出ることで有名なマンションだった。血だらけの女が気になりネットで検索したところ、いくつかの書き込みを見つけたのだ。今回の事件の前から、あのマンションはすでに事故物件だったのだ。もしそれが沼田の部屋だったら。そう考えると、夜も眠れない。

やはり、このまま引っ越そう。長いこと住んでいて愛着はあるが、背に腹はかえられない。

そうなると、先立つものはお金だ。

沼田は映像制作会社に勤務していたが、数年前に独立した。独立といえば聞こえはいいが、要するにフリーだ。独立当初はYouTubeやTikTokなど、個人でも映像をアップできるプラットフォームの隆盛時で、映像制作のノウハウを持つ沼田は、仕事には困らなかった。企業案件、YouTuber のコンサルなど引く手数多だった。だがクライアントと揉《も》め、YouTuber と揉め、その数はどんどん先細り、今では週に一度撮影に立ち会えればいいほどまでに仕事が減っていた。

昔から付き合いのある人々に頭を下げれば、いくつかおこぼれにはありつけるだろう。だが、スマホで撮影する縦型の動画に、沼田は仕事の矜持《きょうじ》を感じることができなかった。生活のためと割り切ってやれないことはないかもしれないが、関係者と揉めない自信はない。

そうなると、心のバランスが必要になる。沼田が撮りたいモノ――映画だ。

一発、大ヒットを狙う。だが最近ではハリウッドを模して、日本でも俳優自らが企画を持ち込む時代だ。どこにでもいるフリーの映像プロデューサーが出すありきたりな企画など、書類すら見てもらえないだろう。

ホテルに戻る途中、銭湯の看板が目に入った。ユニットバスに湯を張っても、ここ数日で溜《た》まったこの疲れは取れない。沼田は看板の矢印に従い、通りを右に曲がる。

サウナ水風呂《みずぶろ》大浴場と、一通り湯を堪能《たんのう》したあと、沼田は上裸で冷えた珈琲《コーヒー》牛乳を飲む。休憩室で、沼田の他に数人が、ぼうっとテレビを眺めていた。バラエティだ。

ずっと映画の企画について思考していた。企画を考えるにしても、誰を主演に据えるかがかなり重要だと気づいた。狙うのは大ヒット。それも、空前絶後の大ヒットだ。そうなると主演が肝になる。老若男女が知っていて、好感度が高い。しかも、擦られていない、意外性がある人物。

テレビ画面にはアルコール飲料のCMが流れていた。梅沢富美男が美味《おい》しそうに焼き鳥を頬張り、レモンサワーを飲んでいた。CM明け、バラエティ番組が再開する。画面にはまた梅沢富美男が出ていて、何やら若手芸人を叱りつけていた。

沼田はその場で立ち上がった。突然立ち上がったので、テレビを観ていた他の客たちが驚いて沼田の方を見た。

「あ、すみません」

沼田は我に返り、気まずそうにまたその場に座る。空前絶後の大ヒット企画の主演――。それに相応《ふさわ》しい人物に気づき、思わず取り乱してしまった。

梅沢富美男だ。

大衆演劇隆盛期のスターであり、強面《こわもて》なのに演じる女形は妖艶《ようえん》で、男と女、両方の色気を持つ。兄が騙《だま》されて作った多額の借金を返済する男気と、バラエティ番組で見せるコミカルさ、テレビCMにも引っ張りだこの愛嬌《あいきょう》、時代劇から現代劇まで幅広い役を演じ分ける演技力。

彼を主役に据えた映画を撮りたい。

以前、一度だけ何かの仕事で一緒になった際、スタッフの一人が着ていたシルベスター・スタローンのTシャツを見て、梅沢が言った。

「いいTシャツ着てるなあ。俺、スタローン大好きなんだよ」

そのTシャツには武装した若かりし頃のスタローンと、『FIRST BLOOD』という、映画のタイトルがプリントされていた。

そう、梅沢富美男とランボーだ。

仲間のために一人犠牲になる梅沢富美男。

誇りを守るため一人巨悪に立ち向かう梅沢富美男。

四面楚歌《しめんそか》の中、銃を乱射し一人活路を見出す梅沢富美男。

頭の中にどんどん企画が湧いてくる。沼田は残った珈琲牛乳を一息で飲み干すと、早くイメージを形にするべく、駆け足でバッグの中のパソコンを取りに更衣室に戻った。

◇ 丸子夢久郎

「――どうですか？」

プリントアウトされた小説を読み終えた丸子に、小宮千尋が恐る恐る尋ねた。

丸子は色々な感情が湧き立ち、それをどう言語化しようか悩んでいた。いや、悩むというより、途方に暮れていた。

『スパイ転生』は毎話数分で読み終える文量だったため、感想をサクサクとコメントすることができた。だが、今回小宮が書いたのは原稿用紙数百枚を超える長編小説だった。何から語ればいいのか、正直言葉が出てこない。

同時に、一つの違和感を覚えていた。だがその違和感が何なのか、しばらく考えてもわからない。

入院中の総合病院の中庭にあるベンチに、丸子は小宮と二人、並んで座っていた。心地よい風が頬を撫《な》でる。

昨日から、ようやく一人でトイレに立つことができるようになった。医者からも「そろそろ退院の日程を決めておきますね」と言われそれを荒川に伝えたら、即座に小宮から連絡が入った。「体調が良くなってからと思ってたんですけど」そう言って彼女は、Ａ４用紙の束を持って現れたのだ。

「これってサイトには投稿してないですよね？　なんでまた、この物語を書こうと思ったんですか？」

丸子は感想ではなく、疑問に思ったことを口にした。

『スパイ転生』の前日譚をいつか書きたいと思ってたんです。まだ本作も完結してはいないんですけど。丸子さんが刺されて生死の境を彷徨《さまよ》って入院している間に、ふとアイデアが湧いてきたんです。申し訳ないんですけど」

「僕が死んで、Ｓ級スパイに転生する」

小説は丸子が主人公で、クレマチス多摩で起こった実際の事件をもとに構成されていた。「確かに、一週間生死の境を彷徨いましたけど」

小説の中で丸子は島崎に刺され、死んでいる。

だが、実際は一命を取り留めていた。背中を刺されたショックで一時的な仮死状態に陥っていたらしい。「奇跡ですよ、奇跡。ここに運び込まれるのがあと数分遅れていたら間に合わなかったです」意識を取り戻してから主治医にそう告げられ、ホッとして、ゾッとした。

小説の中で丸子は地縛霊となり、２０５号室を訪れた荒川と小宮、島崎と応対している。だが丸子にそんな記憶はなく、この小説を読んで初めて事件の真相を知った。

見舞いに来た荒川からは「お前にも見せたかったね。この名探偵荒川渉の華麗なる名推理を」と島崎が殺人事件の犯人だったことは教えてくれたが、事件の詳細までは聞かされていなかった。

「丸子さんが意識不明の間、不安で不安で仕方がなかったんです。何も手につかなくて。けど、丸子さんが転生して、私の作品の主人公として生まれ変わる。そんな想像をしたら、アイデアがどんどん湧いてきて。気づいたら」

そこまで言うと小宮はプリントアウトされた小説を見て続けた。「これを書き上げちゃってました」

「なるほど」

丸子が入院している一ヶ月の間に、この作品を書き上げたのか。我が推しながら、その才能に感嘆した。

「荒川さんとか長谷部さんとか、何人も取材をしました。出入りの業者さんも、付近の住人の方々も。何日もかかりましたけど、みんな、すごくいい人でした。作品上、登場人物は丸子さんと関わりのある人に限りましたけど。クレマチス多摩のことなら、誰よりも詳しい自信がありますよ」

確かに、小宮は今、名実共にクレマチス多摩についてもっとも詳しいのだろう。丸子はそれが、少しだけ悔しい。

「あ。あと、一応、小説の中では丸子さんは作家のコミヤチヒロに好意を抱いている、という設定にしてます。勢いで書いちゃって推敲《すいこう》の段階で気づいたんですが、どう考えても、この設定の方が物語が盛り上がるかなと思ったんで、そのままにしました」

小宮が、宙を見上げながら言った。そう言われ丸子もハッとする。読んでいて主人公に感情移入しすぎて気づかなかったが、この物語の主人公は丸子——自分自身なのだ。推しとして、丸子は小宮に好意を抱いているため、そのことについては読んでいて全く気にならなかった。

だが、この気持ちが彼女に知られていると思うと、複雑な心境になる。

「設定ですよね。公安の須藤さくら、みたいな」

動じていないという風に、丸子はさらりと返す。

「そうです。設定です。設定」

と、小宮が念を押したのが少し残念な気もした。

「あ、あと、一つ重要なヒントを物語の中にちりばめてるんですが、それが何かわかりますか？」

思い出したように小宮が言った。

「重要なヒント？」

丸子が繰り返すと、小宮が頷《うなず》いた。丸子は改めて冒頭から小説を読み直す。

丸子の視点で物語が進む。島崎に刺される前まではとてもリアルで、まるで丸子が体験したことを追体験したのかと思えるほどの出来栄えだった。

だが、いくら読み込んでも小宮がいうヒントがわからない。

「マンションの住人の名前です」

ぽつりと、小宮が言った。マンションの住人は巻坂、小宮、島崎、長谷部、沼田、そして流川――。

何か法則があるとは思えない。

――いや。部屋番号順ならどうだ？

巻坂は２０１号室、流川は２０３号室、小宮は２０５号室、長谷部は３０１号室で、島崎は３０２号室、そして沼田は３０３号室と、登場人物を部屋番号順に並べる。

「頭文字を並べてみてください」

小宮が含みのある笑みを浮かべる。

「え？」

巻坂、流川、小宮、長谷部、島崎、沼田……。

「ま・る・こ・は……し……ぬ」

丸子は声に出した。「丸子は死ぬ」

「読んでて、気づきませんでしたか？」

小宮は興味津々に丸子に尋ねた。

「こんなの、気づくわけないでしょ」

ここでも頭文字のトリックを使っていたのか。そもそも、そこまでして丸子を殺したいのか。丸子はショックで呆然《ぼうぜん》としてしまった。

「誰でもいいから殺したい。っていう怨霊《おんりょう》がいるとしたら、物語の中で死を与えることで、現実ではそれを回避できないかと思ったんです。だから、こういう結末にしました。そしたら」

小宮は丸子を見て、微笑んだ。「丸子さんが生き返りました」

小宮の瞳《ひとみ》に涙が浮かび、溢《あふ》れた。

「ごめんなさい」

彼女はそれを手の甲で拭《ぬぐ》う。そういう意図があったのかと、丸子は再び感嘆する。

「すごく、いいと思います」

丸子は荒川に、何かあったらコミヤチヒロの『スパイ転生』の世界に転生したいと言ったことがある。その言葉は嘘ではない。一度死に、スパイとしてコミヤチヒロの世界に転生する。彼女を推す丸子にとって、これ以上の結末はない。

「これ、そもそも何ていうタイトルなんですか？」

改めて小説を見直す。本来、タイトルが書いてあるであろう表紙は白紙だった。

「それ、実は悩んでて。いくつか候補は考えたんですけど」

「ちなみにどんなタイトルですか？」

「『配達員は見た！』とか」小宮が言った。

「なるほど」

配達員である丸子が主人公の作品だ。配達員がマンション住人の生活を覗《のぞ》き見して、真実を暴く——いいと思うが、『家政婦は見た！』の印象が強すぎる。

「『シックス・センス』はもうあるんで、『セブンス・センス』とか」

「なるほど」

あの名作と設定が似ているという自覚はあるようだ。

「丸子さんだったら、どんなタイトルがいいですか？」

丸子の反応が乏しかったからか、小宮は唇を尖《とが》らせる。

「僕ですか？　いや、僕なんてそんな、何にも思いつかないですよ」

「何でもいいんで、これ読んで思いついたタイトル、ないですか？」

小宮が食い下がる。

「あ、そうだ」

丸子は話を変えることにした。「あの人には取材しました？　駐車場によくいる、ミディアムヘアの」

読んでいて疑問に思っていたことだ。小宮はその鋭い観察眼と豊かな想像力で、丸子が見たこと聞いたこと思ったことを的確に小説の中に落とし込んでいた。マンションの住人の描写にしてもそうだ。荒川や長谷部らを取材し、マンション内外を徹底的に観察して回った結果だろう。

「駐車場によくいる、ミディアムヘアの？」

小宮はピンと来ていない。

「あ、ええと、僕がたまたま駐車場で会っただけなんですけど、ベージュのコートを着てて、くりっとした目の、同い年くらいの女性です」

「ベージュのコートを着た、くりっとした目の、同い年くらいの、女性」

小宮は丸子の言葉を反芻《はんすう》し、頭の中の記憶を辿《たど》るように首を傾げる。「そんな人……いましたっけ？」

「何度かマンションの駐車場で見かけましたよ。小宮さんなら、すでに会ってるかなと思ったんですけど」

あのミディアムヘアの女性は、島崎のことを知っていた。取材を重ねていた小宮なら、マンションの駐車場によく出没していた彼女と出会わないはずはない。見かけたらまず、声をかけるはずだ。丸子は短期間に二回、彼女と遭遇した。丸子が入院していたこの一ヶ月の間にだって、出会う可能性は十分にあっただろう。彼女から島崎との事情を深掘りすればより島崎側のストーリーに厚みが増すし、夜の駐車場で丸子を勇気付けたエピソードも拾えたはずだ。登場人物は丸子と関わりのある人に限った、と小宮は言った。だが、ミディアムヘアの彼女が語る内容は、この物語に必要なピースになるはずだ。

何故、あの人がこの小説に出ていないのか。

丸子はそこで気がついた。それこそが、この小説を読んで覚えた違和感の正体だ。

「この数週間かなりの数の取材をマンションの中でも外でもやりましたけど……見覚えないですね。なんて名前の人ですか？」

「名前……ですか」

そう言われ、丸子は彼女の名前も知らないことに気がついた。

彼女は一体、誰だったんだ？　新たな疑問が湧いた。

ふと、流川翼を男性だと勘違いしていたことを思い出した。

小宮は流川を知っていただろうか？　いや、小宮がクレマチス多摩に引っ越してきた時、流川はすでに島崎に監禁されていた。そう、小宮の小説に書かれていることが事実なら、島崎が小宮を監禁したあとに、流川は殺害されている。二人に接点はない。

あるはずがないのだ。

丸子が入院してから、小宮がミディアムヘアの女性を見ていないのは何故か？

それはつまり、島崎が逮捕されたから、ミディアムヘアの女性は駐車場に現れなくなった。

仮に、そうだとしたら――。

――この世に未練を残して死ぬと、成仏できずにそこに居続ける。

いつかの荒川の言葉が、脳裏をよぎる。

ミディアムヘアの女性は、何かを丸子に伝えるために、駐車場にいた。

――では、未練がなくなったら？

ひょっとしたら、丸子が出会ったあのミディアムヘアの女性は――。

鳥の鳴き声が聞こえた。見上げると、中庭に立つ大きな楠《くすのき》から二羽の鳥が飛び立った。二羽は真っ青な空を縦横無尽に飛び回る。太陽の光がその羽に反射して、赤、青、黄色と鮮やかに輝いて見えた。

「丸子さん？」

小宮が丸子の顔を覗き込んだ。

「あの人が消えた」

「え？」

「『あの人が消えた』はどうですか。小説のタイトル」

「あの人が、消えた」

小宮が繰り返す。「悪くないですね。いや、すごくいいかも」

小宮はペンを取り、白紙の表紙にさらりとタイトルを書いた。とても綺麗《きれい》な文字だった。

本書は、映画「あの人が消えた」の脚本をもとに書き下ろしたノベライズです。

小《しょう》説《せつ》版《ばん》 あの人《ひと》が消《き》えた

著／古《ふる》川《かわ》春秋《しゅんじゅう》　原案／水《みず》野《の》 格《いたる》

令和６年　９月25日　初版発行

発行者●山下直久

発行●株式会社KADOKAWA
〒102-8177　東京都千代田区富士見2-13-3
電話　0570-002-301（ナビダイヤル）

角川文庫 24308

印刷所●株式会社暁印刷
製本所●本間製本株式会社

表紙画●和田三造

●お問い合わせ
https://www.kadokawa.co.jp/（「お問い合わせ」へお進みください）
※内容によっては、お答えできない場合があります。
※サポートは日本国内のみとさせていただきます。
※Japanese text only

ISBN 978-4-04-115377-2　C0193

◇◇◇

角川文庫発刊に際して

角川源義

第二次世界大戦の敗北は、軍事力の敗北であった以上に、私たちの若い文化力の敗退であった。私たちの文化が戦争に対して如何に無力であり、単なるあだ花に過ぎなかったかを、私たちは身を以て体験し痛感した。西洋近代文化の摂取にとって、明治以後八十年の歳月は決して短かすぎたとは言えない。にもかかわらず、近代文化の伝統を確立し、自由な批判と柔軟な良識に富む文化層として自らを形成することに私たちは失敗して来た。そしてこれは、各層への文化の普及滲透を任務とする出版人の責任でもあった。

一九四五年以来、私たちは再び振出しに戻り、第一歩から踏み出すことを余儀なくされた。これは大きな不幸ではあるが、反面、これまでの混沌・未熟・歪曲の中にあった我が国の文化に秩序と確たる基礎を齎らすためには絶好の機会でもある。角川書店は、このような祖国の文化的危機にあたり、微力をも顧みず再建の礎石たるべき抱負と決意とをもって出発したが、ここに創立以来の念願を果すべく角川文庫を発刊する。これまで刊行されたあらゆる全集叢書文庫類の長所と短所とを検討し、古今東西の不朽の典籍を、良心的編集のもとに、廉価に、そして書架にふさわしい美本として、多くのひとびとに提供しようとする。しかし私たちは徒らに百科全書的な知識のジレッタントを作ることを目的とせず、あくまで祖国の文化に秩序と再建への道を示し、この文庫を角川書店の栄ある事業として、今後永久に継続発展せしめ、学芸と教養との殿堂として大成せんことを期したい。多くの読書子の愛情ある忠言と支持とによって、この希望と抱負とを完遂せしめられんことを願う。

一九四九年五月三日